黑手家書

父子斷崖

陳秋見 著

晨星出版

自序

〔黑手家書〕父子斷崖

散文易寫，敘事詠物和說理道情，皆可入文。唯筆尖流瀉的情感，輕重濃淡，最難拿捏！因而，許多作家寫情抒情，總由「親情」書寫開始。這個人世間最穩固、最無私的愛，或濃或淡，總有動人心弦處！在第一輯中，重讀〈父子斷崖〉，當初面對骨肉親情欲斷未斷的情景，彷彿重現！

然後，再看到〈衣柔，我的女兒〉看到〈洪拳小子〉，我親情書寫的筆觸，揮別思親的哀思，開始描繪兒女的容顏！這流轉人間啊！斑駁黃葉凋零落盡，總有喜悅的新芽，在春風中萌芽抽長！筆下的一雙兒女到如今風華漸長，各自天地。我才想起，該整理一下舊稿，並且奢侈的將它集結成冊。藉由文字的不朽，典藏自己一生中某些不捨淡忘的記憶。

記憶中，追隨工程的腳步，我的足跡遍及海島各處，第二、三輯寫的是府城台南的一二級古蹟寺廟和各地風情，那時候，我正參與台灣第二條高速公路的工程。

台灣的文化歷史，溯源伊始即是一府二鹿三猛舺！而強渡黑水溝，來到海島墾荒的先民，總把故鄉的神像一起帶來……要瞭解台灣文史，去廟裡走一遭，不用擲筊問卜，立廟碑文上交代得清楚分明！這是我創作過程中，一種偷懶的方法！

近幾年來，我的生活型態已然轉換。提早自工程界退休下來，一圓山中歸隱、琴書自娛的美夢，當下的生活，日日與青山白雲為伍，頗覺塵意漸消，禪意漸起。整理舊稿的心情，有一禪詩為證：「憶著當年未悟時，一生畫角一聲哀。如今枕上無閒夢，大小梅花一任吹。」

少年情懷和老來心境果真不同！哈！哈！哈！是為序。

陳秋見於清境景聖山莊二〇一四年六月

自序

輯一 千金家書

CONTENTS

輯二 夢魂山水遊記

輯三 廿年雨路風塵

輯四 薪傳

輯 一

千金家書

愛情這東西

1 大惑

黛玉道：「寶姐姐和你好，你怎麼樣？寶姐姐不和你好，你怎麼樣？寶姐姐前兒和你好，如今不和你好，你怎麼樣？今兒和你好，後來不和你好，你怎麼樣？你和她好，她偏不和你好，你怎麼樣？你不和她好，她偏和你好，你怎麼樣？

寶玉呆了半晌，忽然大笑道：「任憑弱水三千，我只取一瓢飲。」

《紅樓夢》看到這兒，我不禁大叫一聲！多年謎團，此刻撥雲見日，水落石出。妻正在廚房處理晚餐後的鍋盤碗筷，濕著一雙手趕來一探究竟，我興奮的指著書本說：「妳看！『弱水三千，只取一瓢飲』，我一直以為出自佛教經典，卻原來是賈寶玉說的！代表愛情專一。賈寶玉只愛林黛玉，這點不必懷疑，我當初沒用錯典故、沒說錯話吧？」

妻笑著把手上的水珠子朝我臉上彈，罵一聲：「神經！」自顧回廚房。

我確定她還記得婚前，那段甜言蜜語重複太多海誓山盟的熱戀期，我曾經引用這句話，卻差點無法收場的小插曲！她說弱水三千表示多數，我雖然在眾多女子裡只選擇她這一瓢，而為什麼她一直不知道還有其他競爭者？我究竟瞞了她多少事情？

一言賈惑！頗費了一番唇舌才哄回來讓她高興，事過境遷，水深火熱的記憶仍留存好一段日子！那時候，只覺得愛情這東西弔詭得很！難伺候得很！不過，印象最深的卻是——我竟然沒找出這句話出自何處，沒法子說服她、證明我確實深情且專情。

妻洗好碗筷，轉往另個房間督促孩子功課，我豎起耳朵，聽出母子倆語意平和，氣氛融洽，用不著我扮黑臉，我大可繼續看《紅樓夢》。賈寶玉情根深重，直剖心跡！林黛玉含羞低頭不語，這一刻，偏有簷外老鴉，呱呱數聲，直往東南方向飛去！我馬上聯想起〈孔雀東南飛〉的焦仲卿和劉蘭芝，影影綽綽的窺見愛情正詭異的掀唇冷笑！

夜深時，妻兒都已酣眠，我還在燈下觀察愛情這東西如何捉弄書中男女！看到嘔血焚詩稿的黛玉香消玉殞，心，跟著慘慘惻惻！再看到寶玉出家，雪地拜別其父，情劫遍嘗，落得雪茫茫一片乾淨大地！終於闔上書本，嘆息連連，但覺「歸彼大荒」的歌聲，猶在耳際清冷縈繞。

問世間情為何物的歌聲，莫說詩詞曲賦有，連武俠小說都有！現在呢？這個古老的大迷惑，還留到科技掛帥的廿世紀末嗎？

戴著墨鏡上銀幕，能填詞作曲，才華橫溢的羅大佑這麼唱：「愛情這東西我明白，但永遠是什麼？」歌詞裡許多問號，看來是不明白的比明白的多。

伍佰在演唱會及PUB面對群眾，乾脆虛心求教，他直接喊話：「愛情是什麼？誰來告訴我？」捧著吉他，汗水淋漓兼聲嘶力竭的問遍全台各地，愛情依舊是沒答案。

蔡振南滄桑歷盡，許多事情都看破，唯獨情關闖不過！他用歌聲控訴：「恨世間，愛情啊，空笑夢，一陣風聲……」伊的形影和愛情，總算有了比較具體的比擬：一陣風！可這風來無影去無踪，還是捉摸不定。

哎！愛情。

2 真相

另一個晚上，妻子幫我泡了杯咖啡，端來咖啡時她順口問我：「寫什麼大題目？眉頭打結了！

「愛情。愛情這東西影響人類行為至深至鉅，卻沒人能夠徹底了解愛情真相，打迷糊仗很危險的！」

妻的眼睛有點發亮：「你還相信愛情存在嗎？」

看我很肯定的點頭，妻的微笑彷彿多出來幾分妖媚：「那好，不打擾你寫文章，不過你要把心得告訴我，我——等你。」

孩子在客廳看電視，妻喊他回房間作功課，雖有些奇怪妻的聲調變得特別溫柔，我還是讓思緒回到主題：愛情。

我確定愛情這東西，仍存活在地球上！除了文學熱衷探究根源，卻遲遲無有定論外，科學呢？對已存在的東西剖析推論證明，不正是科學態度？難道科學家們不談戀愛，沒受過愛情這東西的凌虐折磨，所以壓根兒沒產生追根究底的好奇心？

地質學家和考古學家利用顯微化石、反向地磁、放射性測年法等等科技儀器，研究地球上的動物、植物、礦物，也交代了出身來歷。四十六億年前地球形成，三十億年前生命最初的型態以細菌的面目出現，互相吞噬結合，逐漸演化到古生代的菊石和三葉蟲，中生代白堊侏儸紀的恐龍——恐龍突然滅絕的原因，至今成謎！三百萬年前人類登場，占據地球。

自然科學的研究過程中，顯然忽略了一個重要的環結——愛情！顯微化石檢測時只看見細菌的殘骸，推斷出生命根源的細菌相互追逐結合，愛情這東西當時一定在一旁推波助瀾，只是未留痕跡。各類型的恐龍在溫熱的暖洋和密濕羊齒森林中求偶繁衍，愛情這東西也一定忙得很，而且數量極多！如果愛情是動物，毫無疑問它是兩棲類，寄生在發情的蛇頸龍或雷龍、暴龍身上。也許愛情是植物，它的孢子飄浮在空氣中，翼手龍翅膀搧動的巨風，讓它傳播得更遠，整個侏儸紀的天空，充滿了魅惑的甜香味，也許……恐龍滅絕這等大事，牽住地質考古學家研究方向，沒注意到愛情，愛情輕易逃脫浩劫，跨進新生代，把它的孢子別在開始學習直立行走的南方古猿腦後的濃髮裡。

恐龍之謎，沉埋入六千五百萬年的時光大漠中，挖掘真相太耗力氣，愛情比人類歷史更古老，比恐龍世紀更久遠，卻仍生機活潑！地質考古等專家大可轉個方向，和文學家合作，將愛情這個福禍莫測，興風作浪的東西，徹底弄個明白。

萬一愛情來自外太空，是另個星球截然不同的生命體，想追本溯源，就有點難纏！還好，人類的太空科技進步神速，目前已能在火星地表上行走探測船！也許假以時日，不難在某個遙遠的星球裡找到愛情的故鄉，並且和愛情打過招呼後斗膽相問：如此叫地球生物顛忽若狂，可生可死！究竟居心何在？

也許，我的思考方向完全錯誤！只是受到史匹柏電影恐龍熱和外星熱的影響，白費了一晚上的工夫！真相未明之前，還真是拿愛情沒輒！我的眉頭又皺了起來。

把檯燈熄滅，只留室內小燈，這才發現夜色已深，慣聽的市街喧嘩，此刻寂然無聲！我閉著眼睛，重新調整思考方向。「婚姻是愛情的墳墓！」這句不相干的句子，突然跳入腦海裡！若愛情這東西視人類如寇如仇，是否實踐並奉行婚姻制度，竟是唯一反擊手段？

但覺靈思閃現，稍縱即逝！才待睜眼捕捉，卻見妻子身著睡袍，赤足走入書房，輕輕的偎入我的懷中，在我耳邊吹氣如蘭：「臥室裡躲著——一隻愛情，有點吵！今晚我睡書房好不好？」

看來連剛跳進腦海裡的那句話，都有待商榷！愛情！哎！

3 火宅

愛情是什麼？誰來告訴我？

一觸及這個問題，我開始變得有點狼狽！發狠深思細想，卻無具體答案出現，徒然揪斷幾莖頭髮時，便恨不得自己也像伍佰一樣，痛快的向古聖今賢發出這個根本大問！

自《詩經》首篇〈關雎〉起，文學對愛情的詮釋，就強調自然純真，表達的方式含蓄溫婉，最佳結局則是「死生契闊，與子成說，執子之手，與子偕老。」

西方文學歌頌愛情時，判斷「唯有愛人的人，才是活著的」。《聖經》則宣揚：愛情是付出和長久的忍耐！佛家認為七情六欲和貪嗔痴三毒都該摒棄，不完全針對或防範愛情入侵，然而斷情滅愛的企圖心，非常明顯。

科學不曾查證愛情的形貌結構，玄學或文學，或拒或迎，也都沒把愛情這東西，當成另個活潑潑的生命體。佛眼道心和文學敏銳的觸角，只追索到愛情撤退後的馬蹄煙塵。

就這片馬後塵煙，若入世人眼中如雲似霧，愛情姿影因而多出來想像空間。一朵雲，加入想像，可以幻化蟲魚鳥獸、麒麟龍鳳，誰還說得清楚愛情這東西？

承認沒有強勝古今賢達的一雙慧眼，我的眉結終於舒解！愛情造成的悲劇雖多，卻也沒影響人類繼往開來，世代相傳，看不透就看不透吧！

說放就放，除去勇氣還需智慧！關於愛情，妻卻看不破！有一回她講電話，我先是聽得她附和著電話線那頭的另個女人，大罵男人花心、狠心和死沒良心！接下來她們研討夫妻相處之道，旁聽的我才發現原來妻做得不多，懂的卻不少！懶得理她，回到書房挑燈夜讀，一牆之隔，電話聲顯得模糊低沉。也不知過了多久，妻進我書房，在我書桌上抽取面紙擤鼻涕和講完一個婚姻破裂的故事後問我：「愛情呢？愛情跑哪裡去了？」

進入婚姻，肩負傳宗接代的重責大任，應以親情的骨肉血脈，覆掩簷瓦而成家，愛情兼具忠貞叛逆雙重性格，頗難駕馭，大可驅逐門外！哪管它愛情流浪何方？

妻差點燒斷電話線的原因，就是她朋友那個原本以道義和責任維持的家庭，讓一隻惡意闖入的愛情放了把火！烈焰飛騰的火宅內，她那朋友當真是片刻難安，呼救無門。

在離婚率持續升高的海島，類似案例俯拾即得！社會架構最底層的婚姻基石，就快給負面的愛情蛀空了！朝野協商修憲立法，教育部改革方案，甚至中科院武器研發，都該增加這一項議題：如何杜絕愛情惡意縱火！

我愛舞文弄墨，故爾信服儒家立論，治國平天下之前，先修身齊家！欲待齊家，愛情這東西正該上下一心、群策群力，共逐之。

我說錯了嗎？幹啥妻又罵我：「神經！」後，拂袖而去？

4 甘泉

善與惡，好和壞，快樂或痛苦，這是最典型、簡易的二分法，上班時一個才過二十歲生日不久的小妹，卻提醒我，可能我對愛情的思考模式，太傳統，太單純！

漂染過的短髮，亮出幾抹金黃，和她的笑容一樣燦爛俏艷！她養電子雞也帶ＢＢＣＡＬＬ，辦公室裡老聽得她的機子響！像投石入水，讓沉悶的辦公氣氛漾起漣漪！衝著她甜蜜的笑容，倒沒人怪她。

平常她喊我大哥，聊些少男少女的情事習慣找我。有一次，她正跟我談她那幾個男朋友追求她的各種招式！呼叫器恰好嗶嗶響起！我看見數目顯示５３０，順口問她：「是暗號嗎？這樣就知道誰CALL妳吧！」

她說不是暗號，也不確定誰呼叫，５３０代表「我想妳」，是誰不重要，那幾個追她的男孩子都懂這個數字遊戲。她又按出２４０，說：「愛死妳。」按出１３１４５２０，說：「一生一世我愛你！」……呼叫器的數目字會示愛？我有點瞠目結舌！她笑著捶我肩膀：「大哥，你沒跟上時代，ＬＫＫ兼ＳＰＰ啦！」

在新世代的男女之前，我的確已有點太老、又很落伍！誓言盟約換成輕巧的數字，愛情這東西大概也拿她們沒辦法！一朵微笑還在嘴角綻放，小妹按下消除鍵，數字消失，但覺她眉頭和心頭，了無牽掛痕跡。

回家跟妻提起辦公室小妹的情愛態度，相當驚訝妻會說這是健康的！說年輕人有長路要趕，一起奔向前途的夥伴，偶爾遞過來一碗象徵愛情的甘泉解渴可以，卻無需就此停下腳步。她說：「我呀！我就是太早停下來，以為有了愛情，就擁有了全世界！」

莫非我和賈寶玉「弱水三千，只取一瓢飲」的堅持，竟是愛情撒下的圈套？而且被套得牢極了？

是不是男女以道義相交，互扶互持，則人生世路處處有善意的甘泉可飲？是不是婚前說友情、道知己，婚後只談親情人倫，就能叫愛情這東西無地自容？這麼簡單？

我——哎！我又迷惑了。

英雄無悔

走南橫，沿途欣賞峭壁、深峽、高山、雲海，一條公路，說不盡曲折婉轉。抵達標高兩千兩百公尺的天池，同行親朋佳友總寧願拐入路旁的山產藝品攤位歇息逗留，長青祠站在陡峭的階梯頂端，我慫恿大夥兒上去瞻仰追思，他們看著台階發喘，說：「謝了！你去就行，我們等你。」

我是非上去不可！甚至會在小小的天池畔站一會兒，看著壁立天驚的眼前風景，懷想當年開山築路的工程英雄，面對鴻濛未闢的如此荒莽群峰，心情何如？

尤其是——當攀爬在崖澗間碎石裂土的夥伴，偶一失足！或傷或殘或死的訊息耳語，迴盪空谷！而工程進度仍需按照紙上一條黑線挺進，這些藏緊悲苦懼怖，悍然呼喊山水讓路的英雄們，心情又如何？

長青祠內，一百一十六名為闢建南橫公路而罹難的員工，徒留青石一碑，煙嵐中無語！合掌躬身，其實我不必問，前人篳路藍縷，以啟山林，我這後人一樣遍走窮山惡水，披荊斬棘。

歲月路程，我們踩踏出同樣的履痕；留下來類似的記憶和心情。因為，我也是工程人員。

1 一九七七年八月・桃園國際機場

最初的記憶，鏤雕痕印最深，最難磨滅，我滿同意這句話。

那年剛退伍，軍旅鍛鍊的銳氣還未消退，我就投入國家十大建設的行列，而且是工程第一線尖兵：重機械操作員。

桃園國際機場原是大園竹圍間的一片沼澤莽地，僅僅一年多的時間，荒煙蔓草的景致不見了，碎石黃土填築出平坦大地，航站大廈雁翼般的屋脊和塔台也漸次伸展聳峙。我參與跑道和停機坪的混凝土澆注工作，當時年輕，和初初進入開發中國家的海島一般昂揚奮發，天天加班趕工，真個是不嫌苦，不喊累！

寬六十公尺，長三千六百公尺的主跑道迅速完成，搭配跑道施工速度的是水泥拌合場，也是日夜不歇！進行副跑道鋪築時，出事了！水泥拌合場出事。

拌合場最主要的功能，就是將碎石、細沙、水泥，按比例攪拌均勻，然後由拌合卡車運送至跑道施工現場。砂石料倉到攪拌筒間以滾筒輸送帶接駁，滾筒鋼珠軸承必須加以潤滑，才能讓輸送帶運轉平順，我的朋友小吳，負責替數百隻滾筒軸承打入潤滑黃油。

工程進行，環環相扣，決策者和勞動者只大環小環之分，小吳相當盡職，我們都誇他這一小環從不缺潤滑油，滾得滑溜極了。

他喜歡運動，舉重跑步吊單槓，練就一副好體格。當天，大夥兒忙著出料，小吳巡視著運轉中的輸送帶，發現其中一支滾筒卡住了！他自恃身手矯健，沒叫停料，攀上去替卡住的滾筒打黃油。就在滾筒恢復正常運轉的一剎那，他的右手被捲了進去！夾在滾筒和輸送帶之間，滾筒上的凸點粗糙面，鉤刃般撕扯著他的手臂，幸好他戴著安全帽，保住頭部和身軀不被捲入！然而整隻右臂，由肩至指，已是骨碎筋斷，血肉模糊！

搶救過程中，他灰白的臉上還勉強擠著微笑：「對不起！麻煩您們，怪我自己沒注意。」工地安全衛生人員送他到醫院，我看到擔架上他那緊皺的眉，額際頰邊的血和汗！第一次怵目驚心體驗：追趕工程進度如火如雷，原來隱藏許多兇險，任何微小差錯，都可能抱憾終身。

小吳右臂全殘，傷勢穩定後調回南部修護廠工具室，練習著用左手寫了封信過來報平安。

傷口會結疤，疤會變淡和消失，人類「健忘」這毛病，是好是壞也難說得很。意外發生後那一小段時間，大夥兒的工作態度，可以用如履薄冰，戒懼戒慎來形容。一大段時間後，趕工趕到最高點，夥伴為了搶時間，難免又有了冒險犯難的動作！工程人員誰人不說自己是英雄？為了工程進度當然全力一搏！只管束我們這票年輕猛虎的老領班，在某些看不過去的節骨眼，會蹦出幾句省罵國罵後說：「等一等，慢慢來，你們還沒忘記小吳左手寫出來的字，有多難看吧？」

2 一九八八年十月，水里明潭抽蓄水庫

提山月為燈，照腳底他鄉路途，十年拓荒生涯，轉眼即過！人，總在回頭審視過往的一剎那，才有歲月如梭的感慨。那片刻，心是軟的，有點發酸！十年來，幾乎走遍國內大小工地，國外則是逗留在沙烏地阿拉伯的黃沙旱漠中四年！公司承攬海外工程，算是替國家賺取外匯，我們這些赴海外的員工，只懂算計著如何還清購屋貸款。這段時期是真忙，偶爾的心酸發軟，誰也沒空去咀嚼那滋味。

再說，同時期進公司的夥伴都才三十出頭，長年拓荒歷練，眉眸間的山林野氣，更是抹也抹不去！民國七十七年，我們這批膽壯氣豪的漢子，一齊來到山城水里，開始為明潭抽蓄水庫工程打拚。

海島以高山姿態插天聳立，由山入海的溪流短而湍急，為了水資源有效利用，築壩蓄水，成為不得已的選擇！明潭水庫不但攔取上游水庫發電後的排水，自己更引來日月潭潭水發電，等用電離峰時間，再將水抽回日月潭。公司的任務是築壩，在兩峰夾峙的水里溪上，以鋼筋混凝土構築一座供發電蓄水的重力壩。

水壩才破土動工，即顯惡兆！

選過黃道吉日，算定地理風水，就在壩址中央的巨石底下埋好炸藥，轟隆一聲巨響權當禮炮。禮成當夜十二點，遠在七公里外的水里小鎮居民，被沉雷般的悶鬱嘶吼吵醒！有夜歸人在那陣天搖地動之後發現，終年潺潺奔流的水里溪，竟已乾涸！隔天清晨，我們這些正待大展身手的工程人員在山腰臨時搭建的工寮裡抬頭一看，原因簡單明瞭，卻又令人心底發寒！壩址左面山壁，崩裂塌落大片岩石，把水里溪流截斷！每個人都暗自警惕：峭壁下築壩，需防落石。

水壩施工三年，我負責重機械修理廠引擎部門，少有機會深入險地，卻是耳聞目睹週遭許多意外事故。墜崖、落水、電擊，隔日報紙，社會版角落總可以找到輕描淡寫的「因公殉職」四字！而我知道，當意外發生，一方白布遮斷人世牽纏，死者已矣，無辜的父母妻兒扯肺撕肝，悲苦心痛將追隨一生！我親眼看見引靈過程中那一張張絕望的臉龐；親耳聽見那一聲聲，顫抖哭號的悽慘尾韻。

唯有這樣的時刻，是英雄也會紅眼！等到隔日，隔日面對工程橫逆險阻，我們仍需意志如鋼，心似鐵石。

身材魁梧的阿敏，這個和我並肩作戰的黑手夥伴，在處理自己的劫難時，就是如此鐵石心腸的好漢子。

我們幾個修護人員，一起檢修翻覆的巨型怪手，決定先將重達三千公斤的配重拆下。當預做安全措施的保險螺桿崩斷的一剎那，整塊鐵鑄的配重，嘩一聲掉落！我們及時逃開，阿敏自左膝蓋起，被鐵塊壓個正著！

撬棒，千斤頂，再配合火速趕來的吊車，才將他救了出來，行動的人抿唇咬牙大汗淋漓，阿敏也是！熱獄煉火般的半小時裡，只偶爾有人以澀啞聲音嘶吼：「阿敏，忍住，馬上好，忍住！」

誰都知道，碎裂的肌膚血肉，會傳達何等程度的劇疼！從搬上救護車到醫院，醫生宣布截肢，阿敏自己簽字同意為止，我一直替他拭汗，沒聽到他一聲呻吟！

他後來裝設義肢，買了一部自排車，依然正常上下班。黑手夥伴主動接手較粗重的工作，遇到麻煩些的故障排除，會故意找他討論，只這個時候，他才會露齒微笑，聲音也宏亮起來。

更多的時候，他像折翅的鷹，絕望的攀住冰崖冷木！不忍他銳眼翳上的一抹黯淡，是不忍！但每個心如鐵石的夥伴卻也都選擇了視若無睹！

工程飄泊，遍嚐雨雪霜風，心情或有冷暖寒涼，需得自己調適。我們已不慣輕聲撫慰，溫柔扶持。

3 一九九一年九月，蘭嶼機場擴建工程

蘭嶼機場跑道擴建的短期工程，由公司承包，我沒去，明潭水庫完工的綵帶和掌聲響起時，我已被調往恆春半島的牡丹水庫。

這些年來，我染上「寫文章」的壞習慣——這是夥伴們的說法。他們很不諒解我一拿起筆就六親不認！喝酒不去，唱歌不去，下班了逛逛街吧？也沒空！依他們評估，寫作所耗費的精神和時間，若論所有報酬，遠不如一個泥水匠！我以「文章千古事」，「爭千秋不爭一時」朝他們解釋，這一群莽漢嗤之以鼻，徒落得好高鶩遠之譏。

現在好多了！不管我自認深情專注，還是夥伴們認定我的固執九牛拉不回，他們總算接受事實。甚至我拿他們當題材，報紙刊了出來，也開始有人搶著看，偶爾文思枯竭，請他們說些故事來聽，他們也非常樂意的說。我曾經給過這麼一個主題：誰有面對天災人禍，卻仍夷然不懼的英雄事蹟？

有人搶先問道：科威特被伊拉克占領初期，他陷入異國戰爭陰影中的經驗，可不可說？我說我聽過了，而且事過境遷，新聞已成歷史，好端端的何必重提那段千里逃亡巴格達的往事！另一個人伸出左手，讓我看他掌背小臂上縱橫疤痕！說：「戰爭是人禍，我這隻手卻是天災造成的，聽是不聽？」

這人從蘭嶼機場工地借調牡丹水庫支援，算是客人，我禮貌的點個頭，他口沫橫飛了近二十分鐘！故事從韋恩颱風橫掃蘭嶼機場當夜說起，比手畫腳，說得生動極了。

「是韋恩颱風嗎？我不確定，反正快中秋節了，七八個人留守在工地貨櫃屋裡。那種鐵皮的冷凍貨櫃屋很輕你知道，白天風雨不大，大家忙著打錨釘拉鋼索固定貨櫃，到了晚上，風颳得在外面已站不住腳，七八個人窩在同一間寢室裡，湊了一桌麻將。你一定沒這經驗，我只覺得晃了一下，整桌麻將突然浮了起來，咯咯咯咯摔了一地！大家你看我，我看你，全傻了！然後是冷氣機，砰一聲被推了進來，不得了！那股風從冷氣窗口進來，竟然把貨櫃斜斜抬起，錨釘鋼索根本無效！我和老徐及時抓住鐵床，其他人和麻將桌冷氣機臉盆拖鞋一起滑到門口，鋁門都撞凹了！等貨櫃一擺正，不知道誰開的門，五六個人全衝了出去，我朝老徐喊：「跑啊！」慢了！風這次打門口灌進來！貨櫃不只浮起來，還滾了半圈，燈閃了兩閃就熄了！閃那兩閃，我看見冷氣機啦屋裡的東西朝我飛過來，也看見老徐往窗口那角落滾，其他我就不知道了！停電，一片黑，我撈到一條大棉被，把自己從頭到腳裹起來，任憑它摔！這隻手伸到外面抓住棉被不叫散了。玻璃桌椅鐵床都有可能颳的吧！那時候只想保住一條命，一隻手廢了算什麼？等到天亮才知道，我這貨櫃卡在推土機鏟刀前面，才沒被吹落太平洋！有個貨櫃更誇張，飛到修理廠的屋頂上，停得好穩。人？七八個人誰不帶傷？那個胖胖的老徐後來說他是整個人從冷氣窗口給推出去，誰推的？韋恩這個老外推的吧！說什麼人定勝天，真遇上了，求饒都來不及……。」

雖說他餘悸猶存，聲聲強調天災之前人類的脆弱渺小，我仍豎起大拇指誇他。生死關卡親身闖過，雨箭風刀盡付笑談中，這樣的人不是英雄？誰是英雄？

4 一九九七年十月，南二高關廟新化段

北二高率先通車，南二高工程隨即如火如荼展開。牡丹水庫蓄積了汝乃溪和牡丹溪的

水量，已然成就一泓浩淼平湖，正在恆春半島亮粲陽光下，倒映青山白雲。

牡丹水庫工程的人員機具，整批調來關廟，預計兩年後將在南瀛丘陵邊緣，完成一條供文明高速奔馳的寬廣大道。面對新環境新挑戰，大夥兒被撩撥起來的高昂鬥志裡，還有一點點遺憾，牽住一絲絲疼痛！因為，牡丹水庫的夥伴中有一個人，調不過來！

他一縷魂魄，還在水庫大壩上，迎著永恆的落山風，衣袂翻飛！

來到關廟一年多，橫跨鹽水溪的橋梁基樁施工，前些日子又有兩人高空墜落，一死一重傷！工業安全法規逐條施行，為何不能確保天衣無縫，讓意外傷殘不再發生？

我想起走南橫天池，為殉職工程人員合掌致敬，肯定他們以血肉性命向莽野峰巒爭路的英雄行徑，同等身分，我其實肯定的是自己！然而，我逐漸懷疑，我們截斷溪流，將深谷幽澗漫淹成湖，建機場，以水泥柏油填實蓄洪的沼澤水溏，如今東西向快速道路和第二條高速公路，更像利刃般剖開山脈肌理，裸露泥岩！我的確懷疑了，萬物之靈一再逼迫大自然退讓，大自然它有沒有感覺？如果有！工程人員以炸藥機械在它的背脊上肆意凌虐時，「因公殉職」會不會是它略施薄懲的一種警示？而更大更激烈的反撲，還在後頭？

誰有透徹千年時光迷障的慧眼，給我答案解我眉鎖？

我想起那一年當他進入牡丹水庫大壩坑道時，還回頭向我揮手，坑道中無聲無息的沼氣隨即奪走他年輕的生命！笑貌音容宛在，英靈應不遠，或者他已懂得答案，只是陰陽乖隔，他悲憐慧眼，無法觀照正在南二高揮斧劈山的我們這群英雄好漢。

也或許，有機會再走天池長青祠，我該學習擲筊相問，問他們渺遠的拓荒記憶裡，可曾有過些許憾悔？

而為什麼我立即浮現腦海的都是「英雄無悔」四字？行經關廟地區的南二高，橫跨溪流的橋梁，都以節塊推進工法，凌空而過，不驚擾、不阻礙河溪奔馳方向！若說文明腳步勢在必行，注意水土保持，做好植被綠化，覆蓋療養受創山水，盡量尋求大自然的諒解，卻也是唯一的，無可奈何的事了。

每天，當工程夥伴呼喝著上工；當機械怒吼，當汗珠在每一張黝黑的臉上閃動亮光，我的的確確知道，這些無名英雄的字典裡，無怨字，亦無悔字。

衣柔，我的女兒

0

生命，像一則傳奇。

細雨斜風中菱花開落，古國樂府裡琵琶低吟，徐徐續續道來歲月蹤跡。僅僅四個月，衣柔，我的女兒，就向我訴說這樣的一則傳奇。讓我摸索著，試圖去探觸生命最初的奧祕。

一粒種子，當它萌芽吐莖舒葉伊始，我們就能窺見一朵花的風姿，窺見生機茁長時，那股沛然莫能禦之的力量。

或者，只有寫詩的筆，才能描繪出這般單純而巨大的魔力。

（衣柔，這是我們向妳臣服的原因。）

1

我不會寫詩。

可是我會忠實的使用文字記錄，若有忍不住浮上來的個人感受，就悄悄的拿個括弧圈住。

一開始，是我最先發覺，並且震懾於妳所擁有的這種魔力。那時，我在門外，產房垂簾深鎖，我聽到妳用一聲莊嚴的嬰啼，制止妳母親困獸般的嘶吼，把她自巨痛的網罟中救贖出來。

然後，呵，妳順便懲罰了外頭這個始作俑者的父親。

（我不明白為什麼我會拿反了香菸！）

上唇的水泡大些，下唇的水泡小點，熱火燙炙的感覺，都一樣的——痛！

妳一下子就讓我知曉，該如何小心對待妳，或……奉承妳。

2

翻了好幾本姓名學，搭配十多個名字，雁文、詩婷、婉卿、蕙菱、怡君……每個名字涵括富貴榮華，一筆一畫都是上上吉。

嗓子揑得細細的，到樓上育嬰室裡小聲呼喚妳。一個名字叫三遍，三四十遍之後，把護士小姐黑色的眸子叫成白眼珠了，妳還是不理不睬。

慫恿妳的母親陪著我，再次請示妳。第一聲「衣柔」，妳睜開了眼睛，第二聲「衣柔」，妳兩邊的嘴角微微翹起，第三聲，妳的母親就唸成：「衣柔喜歡這名字」。

妳母親行事，一向剛強果斷的風格。

「那個很像微笑的笑是笑嗎？」我說。

妳那產後虛弱的媽媽不肯答辯如此複雜的問題，卻學著那護士小姐，一樣瞪個大大的白眼給我！

（就算是笑吧，怎麼有點不懷好意的味道？）

下樓幫媽媽買點心，才發現停放在醫院騎樓下的新摩托車不見蹤影！到警察局寫了失竊筆錄之後，坐計程車回家拿換洗衣物，進了大廳竟是滿屋子水！衣柔，當水電工人敲了牆壁換了水管拿走了一疊鈔票，我回頭尋妳。

而妳，妳躲入保溫箱裡作日光浴，蒙住眼瞼，不和我相見！

這次輪到那小護士朝我微笑了。

她輕輕的，兩邊的唇角跟妳一樣往上翹：「衣柔黃疸偏高，需要紫外線照射。」

（很像哦，像數鈔票時，唇角會忍不住漾上來的——一朵甜蜜。）

3

我開始有了一點點戒心。

主臥室裡擺著可升可降的小床鋪，是妳據此發號施令，名副其實的司令台。下了班，我會先去洗臉刷牙，整肅儀容，才敢躬身親吻妳的手腳，並且放軟聲調，阿諛的喚著妳：「衣柔，衣柔，我是爸爸，爸爸回來了呢。」

妳的媽媽也未敢稍忽，只要妳張開嘴，牛奶和葡萄糖水準時奉上！即使是最疲倦的深深夜裡。甚至——大了妳七歲的兄弟（正淳），妳也教會了他如何像貓一樣，柔軟無聲的走路。

（他原是屋內叢林裡，嘯叫狂奔的小豹哪！）

兩個月，三個月，四個月過去了，我不得不承認，妳才是真正的「一家之主」。

還有，自妳佔據這個家庭以來，我的菸灰缸就一直擺在後陽台的女兒牆上！妳的哥哥和媽媽幫著妳監管我。

（就是那種警察看著吸毒犯的眼神！）

4

陽台上的冷風提醒我，也許，我該揭穿妳蠱惑的真面目。

冷冷靜靜的我，開始觀察蒐集證據，不放過妳任何細微的動作，分析並且判讀妳無辜的表情下，如何密藏狡猾的手段？

妳理直氣壯的哭聲，會叫人心軟心疼；妳放肆的叫鬧也叫人惶急無措！妳也知道，當妳軟軟的垂下眼簾，整個世界也會輕吁一口大氣，陪妳一起安靜下來。電視、音響，以及陽台外的那串風鈴，都休息了。

而這些欲擒故縱的計謀，都不能遮瞞事實——妳是一隻嗜食的，小小的獸！

那是妳專注聆聽（食物）發出聲音的時候，無意間露出的破綻，妳忘了掩飾妳那一點、一滴垂落嘴角的口水了。

（甚至，在妳的眼中，我們全是可口的食物之一。）

5

妳的哥哥，可以證明。

他把新鮮嫩白的臉頰湊近妳，挑逗妳，妳的反射動作是張開口，發出一串快意的歡呼。

妳的母親，也可以證明。

妳終於發現，原來妳的手掌有捕捉的功能，於是，妳開始努力揮舞雙手，而任何被妳擒獲的獵物，妳全往嘴裡塞！妳驚慌的母親自妳嘴裡搶救那些小東西，也不知多少回了。

（我是親身經歷，衣柔。）

需有一身英雄膽，才敢在妳飢餓時靠近妳，擁抱妳。而妳，在我的胸膛上、手臂上，以及沾惹肉食氣味的衣襟上，留下齧咬吸啜的痕跡！

然後，放聲大哭。

（我當然知道妳因何傷心，妳只恨一口齒牙尚未生成！）

6

真相，雲破月出。

只留下一個環結未解：為什麼還要受妳蠱惑？任妳需索而甘願不悔？

沒有堪破肉身虛幻的般若智慧，卻做出餵鷹飼虎的行徑！是緣於眉眸手足盡皆彷彿雷同的困惑，才讓妳的親人慈悲喜捨且無憾無怨嗎？衣柔。

（我真的還不能確切了解其中奧義，但——妳就是獸吧！也是用我的骨血，照我的容顏揉塑成的，我最愛的獸。）

生命，依舊是一則傳奇。

一則迷離艱澀，不易讀懂的傳奇。

此文刊於《台灣新聞報·西子灣副刊》。

看看日期，七十九年一月七日！衣柔才半歲多一點哪。

如今，這個讀大學的女兒，也愛舞文弄墨，文筆還真不差！不免老懷堪慰。

親情書寫，是每一個剛開始寫文章的人，會去選擇的題材。最熟悉，好發揮。

很有古早味的一篇，莫嫌棄，請指教。

父子斷崖

0

家屬休息室的長廊裡，一雙雙渴睡的眼，日夜點燃紅燈熱火，觀照不入盡頭那方漠漠淡淡的天地——腦神經科加護病房。

一扇銳利的玻璃門，來回交剪著親情的千絲萬縷，挽留的手勢，伸向虛空，僅能撈取一握險巇的宿命消息，縱橫遊走如掌紋般，難測！

我站在門口，無力垂落和父親你方才牽扯不放的手中餘溫，終於相信，相信父子斷崖的傳說：在通過危聳峭壁時，父與子，其實不能相顧，亦不能相救！

1 冷焰

你在裡面，父親，醫生和護士廿四小時照顧著你。

你一向不肯讓人照顧，從來就不！所有等待與你相見的親人子女都知道。所以，當醫生答應可以進去看你時，我們以悲傷的眼神相對，有一剎那的遲疑，該如何勸你橫心面對眼前的難堪？而不准放手！

你好憔悴！父親，你疲倦的，輕輕的和每一個含淚喚你的人點頭，然後緩緩閉上眼睛，又陷入昏睡中。

病床旁邊，心電圖監視器、呼吸控制器、脈搏增壓器等紅黃綠各色螢光數字和波形，標示著生命跡象，不休止的點滴溶入緩流的血脈中，助長你力氣。看著你微微抽搐的手腳，半邊臉和身子冒著細冷汗珠，我替你擦拭，想幫你蓋上薄被。護士說：「別擔心，中風病人正副交感神經失去平衡，所以只流一邊汗，也沒蓋被，他有點發燒，剛打了退燒針。」醫生過來解釋病情，他說：「腦幹神經阻塞，算是最危險的中風狀況。因為腦幹支配呼吸心跳血壓等生命根源，阻塞嚴重時就是腦死！現在先靠儀器輔助監視，再以藥物穩定病情，我們盡力，你們安心的在外面等。」

只能手足無措的放開你，走出加護病房。噓寒和問暖都不能了，父親。

醫生說危險期是兩個禮拜。十四個長日和惡夜，你將命懸一絲，擺盪在生與死的臨界點上！父親！自你八歲失怙，說起人生世道，你原就走得比人坎嶇，比人辛苦。如今，七十二歲的你，偏又在歲月最後一段路途上落足奇險崖岸！我彷彿看到你側身緊貼孤懸山壁，另一邊是千仞萬仞的深淵，蒸騰著濃霧，試圖攀附的土石紛紛崩落，凜烈霜風正無情欺凌你削弱的身軀！父親，你困頓的神情，讓我明白你掙扎的靈魂，再難抗拒溫暖誘人的永恆黑潮，只想縱身一躍！而親人泣血呼號的牽你衣袖，讓你躊躇了，是不是？你頻頻回首照你形容雕就面目的骨血子女，不忍他們哀淒的眼中有淚長流，是——不是？

就是這樣孤絕的深情，隱藏在你強悍傲岸的個性裡。我懂，我是長子，早就心折你橫抗生活風雨的豪氣與柔情。你生逢亂世，在異國統治下度過荒莽童年，無緣識字，只好翻大地的書冊，春雷穀雨白露霜降等逐篇細讀。你由當長工時的三頓飽開始，慢慢擁有自己的水牛和莊稼，等到土地放領時，原該有權掌握的土地，卻因地主苦苦相求而放手。第二次，你仍回那地主家當長工，再讓一滴一滴的汗水重新換回土地。那時，父親，你裸足站在泥巴田裡，厚繭雙手撐開一方綠蔭，遮覆著你六個子女嬉遊成長的天地，如此溫柔！

兒女追趕著歲月的腳步，像秧苗般抽長，卻逼老了你，父親，你一定不喜歡！所以你仍逞強扛著穀包，行走在田埂土壠上，仍舊在烈日燒灼背脊時不歇止的為喝水的禾田挑擔灌溉。你意志頑強，不肯承認過度的操勞已經逐日削減你的氣力體魄！六十歲那年，盤踞田園的古榕終於傾頹，你昏迷在長夏火毒的午後。

你孤獨的躺在路旁草叢裡，鬱雲沉雷閃電和西北雨齊來喚你！父親，誰也不懂你是如何回來的，你渾身泥漿，入了家門，你和支撐著你的腳踏車一起摔倒，右邊的手腳和半邊臉仍然歪斜著，抽扯著。夏日豪雨後的黃昏，已有寒意，你身子卻熾燙如炭火！

第一次輕微中風，你很快的恢復。從那時候起，你是知道了，歲月無情侵蝕的事實，你開始有了心事！你怕會成為子女的負擔；怕一向翼護子女的強者轉換成被照顧的角色，所以，你用完全決裂的態度，抗拒所有關心的眼神和言詞，父親，甚至你以孝即是順的道理，責我忤逆，聲色俱厲的把兒女和請回鄉下的醫生，一齊驅逐！

你像曠野裡孤傲的狼，任何溫情的風吹草動都會惹來你的咆哮，你也像受傷的狼般，聞嗅著藥草的氣味，自己熬著山坡溝邊摘撿回來的草根樹皮。十幾年來，度過了無數次小病小痛後，你更是否定現代醫學的理論和技術！

父親，你可能還不知道，那夜，你手腳冰冷，呼吸俱無！若不是急診完備的急救設施，怎能喚回你飄渺的魂魄？讓你的心肺再次鼓動復甦？幫忙推入加護病房時，我溢著熱淚，望向猶自抖顫的你，好想告訴你：好險，真的好險！父親，我們都在懸崖邊緣，剎住了腳步。

我聽到我衝口而出的話語：「阿爸，你會冷嗎？會嗎？」然後，我看見你緩緩搖頭，閉上眼睛，擠出眼角的淚水，涼涼散漫入你臉上細密紋褶裡。

2 寒冰

你躺著，雙手攤開綑綁在鐵床欄干上，儀器和藥物透過幾條塑膠管子，持續而穩定的供給你生命所需的養份，依循著規定的探視時間，父親，一天，我們只有四次謀面的機會。

偶爾你沉沉闔眼，心律調整和呼吸輔助的螢幕正顯示著一個完美安詳的深睡，曾經翻騰過的滔天巨浪，彷彿全已止息波濤，父親，我如此感動的看著這些先進的儀器，它幫你活著，讓你疲憊的肉體可以放心休憩。這個時候，我會深情凝視你一會兒，悄無聲息的離開。

更多的時候，你睜著眼，慘淡無言！腦幹中風，並不影響你意識的清楚，因而你被綑綁的事實變得更殘酷！父親，我真能體會你困獸般，桀傲和哀憐交織的眼神！氣切手術使你喉嚨無法出聲詢問，你屈伸手指的表達方式，兒女猜不透。試著放開你的手，你卻狂亂的拉扯維持你生命的管子，兇惡的瞪著制止你躁動的醫生護士。那護士說過：「好幾次他想盡辦法要擺脫管子，脾氣好壞，最不合作了。」父親，我懂你心意，如此慘厲的生命方式，是我也寧願捨棄！

你清醒著，卻不肯看一眼你的妻子兒女，並且拒絕兒女們謊言裡的善意。大女兒說：「阿爸，你的病已經慢慢好轉，別掛心。」你搖頭！二弟說：「愛忍耐，幾天的艱苦若過去，咱就轉普通病房。」你還是搖頭！心軟的母親拉著你的手，早已淚流滿面，重覆的說：「你會好起來，會啦！」一聲一句都是骨血至親的啼喚，父親，你竟是閉眼搖頭，悍然不顧！弟妹們無言相看的淚眼，淒慘而絕望。父親，請原諒我第一句話：「阿爸，你不想活下去了？對不對！」你持續搖頭的動作乍然中止，第二句話我語音已模糊破碎：「你認為你在拖累兒女了？是不是？你只顧你要當好父親，就忍心叫我們當兒女的無情無義，是不是啊？」父親，是因為你長子，稟賦了你的個性，才能讀出你一貫的驕傲，可是，我必須更嚴厲的告訴你，上天早已寫就一本蒼生命譜，誰也無權逆天行事！再者，只要還有一線生機，交到醫生手中，便不容許患者自行放棄。多一次和死神拉扯的急救過程，就是再加重一層自己身體的折磨！終究，我還是告訴你謊言了，父親！我說：「阿爸，醫生和護士看多了，你的病不算嚴重，康復只是早晚問題，你靜心配合，就一定能縮短受困的時間。」

你點著頭，點著頭，點得我好心碎！

多麼不忍折拗你固執一世的姿態。病房外我常常陷入沉思，對，或者是錯！發病那晚，急診處把你自昏迷中救醒後，我守著你，等待斷層掃描的檢驗報告。夜慢慢走到最深最黑的時候，我只覺得你睡得好平靜，整夜因痛苦而緊皺的眉結已舒解開來，我忍不住俯身疼惜的探望你，才知道，父親，你的魂魄又一次遠遊！

你是決心相應不理了，父親，然而我撕心裂肺的呼喚聲，卻引來了急救小組的電擊和心肺復甦等諸般凌虐。甚至我被吩咐必須幫忙壓制你翻滾的身子，讓胃管和肺管能夠自你口鼻強行侵入！看著你搖手求饒，嗚咽著掙扎不休，我心若寒冰，慘烈顫慄的叱你：「阿爸！卡有氣魄咧！大家攏是在救你……。」父親啊！我一顆一顆的淚，熱在鏡片上，一點一點的模糊了我的視線，為什麼我還能如此清楚感覺，你那雙怨毒瞪視我的眼睛。

第十天了，只要你有些微好轉的跡象，我滴血的心便可暫時止流。你趨於不穩定時，我自己鞭撻的傷口既深且重！我忘不了那夜你甜蜜沉睡的臉，是我把你叫醒來，來承受人間煉火的燒炙！父親，如今你病榻上每一次痛苦的抽搐，彷彿正無聲譴責我殘忍的忤逆事實。

你是不會原諒我了，父親。

我想起了祖母。父親，你一定還記得，每年春天，當雨水潤濕田園，燕子啣泥築巢時，祖母會一反平日嫻靜的性情，整日胡言亂語指天罵地，或哭或笑的到處晃蕩！我小時候就牢牢記住「桃花瘋」三個字。三月到六月，神思恍惚的祖母成了小村莊裡頑童追逐逗樂的對象。你天性至孝，便任由田地莠草橫生，苦苦跟在祖母身後勸她哄她求她回家，並且忍受祖母手中抽打你的竹枝，扶著她跨過溝渠繞開井邊。黃昏，我放學回來，常常看到你小心的牽著腳踏車，後座上祖母彎腰攀坐著半睡半醒，而你已心力交瘁疲倦不堪！夜裡，你拿著長板凳，堵住祖母的房門，橫著睡在上頭。父親，你那時的心情，必定是溫柔而決裂的，執意以親情千絲牽扯祖母的魂魄。而祖母怪不怪你呢？她還是趁你熟睡時幾次從椅下爬出房門，走入竹林水田的月色裡。

祖母八十八歲仙逝，唇角一朵凝結的微笑，是你最常提起的欣慰。父親，今天我親身挽留七十二歲的你，也是如此！若能以命換命，我願捨我十六年健康年輕的歲月，給你。父親，若你還怨我怪我，請好起來，恢復你的力氣，重重、重重的打我！

3 煉獄

不是探病的時間，隔著一扇玻璃門，父親，我就像那醒夜的蝙蝠般倒懸著一顆心，豎起靈異的耳，悚然傾聽宿命走過來時敲響耳膜心鼓的腳步聲。

如果是無助的深更，那腳步聲是護士小姐踩出來的急促的小碎步，自加護病房內翻翻滾滾的響至家屬休息室門口，輕聲唸著病患的號碼和名字，被叫著的人刷白著臉，顫抖著尾隨護士進入病房內。醒過來的人，互相交換著悲傷悽慘的眼神，如此闇夜，遠遠傳來那一聲聲裂帛般，尖利的嚎泣，入耳倍覺驚心！

幽黯中有人嘆息，有人誦佛，誰都不知道，下一刻，會是誰將和生離死別如此這般劈面相逢！父親，也因血液裡滲入太多牽掛的情愫，我——也膽小了！

你右側床位的一個年輕患者，因車禍傷及腦部，宣布成為植物人後已經一個月了。醫生勸過幾次他的家人放手，然則，無知的軀殼依然堅持心跳和血壓不斷，這一絲微弱的生命跡象，讓他的父母不忍棄絕，試盡任何草藥偏方，企圖在萬死中尋覓一線生機；到處求神問卜，把希望託付渺渺天心，無奈而甘願的承受一次次煉獄折騰！

於是我知道，父親，骨血情絲一縷，原來堅韌無比，可以強渡陰陽兩岸，直入幽冥深處，探索尋繞迷途的魂魄，深情而專注。渾然忘卻日削月減的身體折損，忘卻巨額支付的醫療費用，那憔悴的父母咬唇忍淚，異口同聲說：「只要孩子能夠醒來，再苦也沒關係！」

所以，父親，天地神明為我作證，縱或我將粉身碎骨，也請容我護住血緣牽絲，不叫摧折！

4

入夜，我已能安心闔眼，並且和濛濛天光一齊醒來。

滿了十四天，你終於越過生死奇險的這段懸崖，主治醫師含笑宣布轉入普通病房。父親，父親啊！你辛苦了！我在你耳邊熱切的說著。

你的肺功能受損，影響心律不整，呼吸器將一齊搬入普通病房，復健的過程中仍有許多艱難，但至少，我已能和你同行扶持，相顧且相救。

昨日看你，側身繾綣手腳，沉睡如嬰，甜蜜如嬰，父親，我心底呼呼喊喊的就是這樣的一句話：「好美，重生的姿勢，好美呢，阿爸！」

人間無味

0 困

困入千丈懸崖，你攀住親情牽掛的細藤，在宿命湧動的厲烈山風中擺盪，希望只若一線陽光，遮掩在濃密烏雲裡！危崖下，銳岩森羅如刃，手中細藤一斷，即是生離死別的深淵。

當心情的濕度凝集淚珠，讓兩頰蜿蜒成一片冰雪時，你淒惶四顧，卻發現這處險巇絕境裡，有人，正以著同樣悲傷的眼睛，和你深情相對。

那是人間少數幽深陰鬱的地方之一：加護病房家屬休息室。

1 骨血牽絲一縷，緣斷情滅

隔壁床位，一個四十來歲的中年漢子，矮壯篤實。他斜著身子倚靠床鋪一角，瞪得滾圓的眼珠空洞無神，黑眼圈襯得那眸子更是深邃，像遙遠邊陲裡一盞欲滅未滅的燈火。

你注意到他，是因為你第一眼就清楚感受他那強烈的絕望。也只是注意而已。搬進加護病房家屬休息室的家屬，誰人手中沒有一兩張病危通知書？簽名後烙下指紋，就該有親情斷滅的心理準備！你安安靜靜整理醫院分配的床鋪，偶爾望著窗外如墨夜色，以背轉的身子，拒絕一室欲待問詢的竊竊私語。

2 碎肝斷腸，更與何人說？

七十二歲的父親，竟讓病魔一把攫入無邊煉獄！中風後歪斜抽扯的身子，又怎堪強插胃管和肺管的劇痛折磨？醫師判斷為腦幹神經阻塞，直接影響心跳、血壓和呼吸，這三種生命跡象的根源，隨時可能中斷！必須轉入腦神經加護病房，接受護理人員和儀器二十四小時的監控。

是不是生命已如風中燭，才會叫人格外珍惜親情的微溫淡明？

你想起因為職業而漂泊無定的歲月裡，放任父親獨守一方水田、幾間農舍，他的等待和寂寞從不說出口，就如同你深藏的思念和鄉愁！而這一刻，你再也藏不住你的心疼，你心疼一世倨傲強悍的父親，因為疾病的緣故，受命運無情擺弄後乞憐的神色！田裡泥濘踩慣了的人，困獸一般被綑綁在病床上……。

哭號吶喊讓你以牙關緊緊鎖住，悲苦浪潮一波波衝擊你嶙峋的心岩。

而無助等待的情緒亦如火，日夜焚心！終於你能明白，儘管懸念欲生欲死，都無濟於事，上天早已典藏一本蒼生命譜，你永遠無權翻閱，無權修正！你開始冷冷聆聽宿命審判的過程。

你回頭看著那個絕望的漢子，一個禮拜來，你常常接觸到他那相憐相惜的眼神，幾次談話斷斷續續，你知道他那讀高中的大兒子目前仍然昏迷未醒。一場車禍，就此截斷一個學子輝煌或平凡的一生！醫生已經宣布腦死，他卻以草藥偏方和求神問卜等各種方法，企圖在萬死之中尋覓一線生機。

原來骨血牽絲一縷，竟是強韌若斯！可以橫渡陰陽兩岸，直入幽冥深處，去牽纏探索迷途的魂魄！那漢子說：「只求父子緣份未盡，孩子早日醒來。」

然則天心渺渺，休咎玄機無憑難測！輾轉哀號的便只是無知痴迷之人呵。

醫師勸他，復元無望，拔掉呼吸器後可解脫一場毫無止境的折磨，生者仍須揹負生活重擔，不該讓虛擲的巨額醫療費用，拖垮整個家庭！一項項理由都說清楚他不甘、不忍承認的結局。

魂已飛、魄已散，慧劍高舉，絕裾一割，十六年父子情緣，留待來世再續！

他回來搬走他床位上的棉被衣物時，你看著他，整個休息室裡守候的人，也看著他，好靜，好安靜！只怕任何一點點聲息，就會讓他圈堵在眼框中的淚水，決堤！

3 生死鉅痛熬煉，人間無味

情斷緣滅的一幕，讓你正視父親強烈的意願，認真的去想，捨或不捨？腦幹阻塞，並不影響思考能力，你父親依然清醒，也維持其固執剛硬的個性不變！喉部氣管切開手術和鼻胃管的侵入，讓他不能出聲，不能進食！前半個月，他驅趕每一個探視他的親人子女，手勢急躁決裂。醫生說：「他的求生意願不高，你們要多鼓勵他。」護士也說：「他一直想辦法要拔掉呼吸器，有輕生傾向！不得不把他的手綁起來。」

後半個月，被綁住雙手的父親牢籠困獸般，以乞憐的眼神求你鬆綁、放手！不間斷的針藥、不能擺脫的呼吸器，已漸漸讓他萬念俱灰！他再沒力氣狂亂抗拒治療，卻明明白白的以萎頓的神情告訴你：累了、倦了！任憑你們折磨擺布吧！

人間無味，在這無味人世裡，你苦苦挽留父親！而父親卻責你忤逆不孝，恨你為什麼不肯允許他提早結束生之鉅痛？

你想起「安樂死」三個字，其中人道、親情、法律等等諸多牽纏，生不如死和痛不欲生，說不定只是一種感覺或情緒，付之行動時，究竟需要什麼樣的一個標準，才能讓生命的毀棄不冤不枉、不悔不恨啊！

你在樓上病房見過一個喉癌末期的老婦人，聲帶切除，雙目成盲，頸部燒灼出一個幽黑深孔替代氣管！無法遏止的癌細胞，彷彿存心要寸寸吞噬這個殘弱身軀！那深入骨髓的刺痛仍舊一陣又一陣襲來。張口無聲的嚎泣、抽搐的手腳慘厲揮舞！在你眼前，是活生生的地獄景象，你忍淚移開視線，心裡呼喊著——是誰？是誰狠心留住她？是誰如此殘忍？

骨肉至親！是的，孝順兒女不惜血淚長流，也要護住親情懸絲不斷！而身受者怎麼想？果真千古艱難，唯求一死嗎？

或者，植物人最是般若智慧！魂魄早已逃逸，留一個無知無感的軀體，來承擔業障惡果，順便索取痴心兒女積欠的情債，讓漫長歲月、磨盡血肉！

你以這些更悲慘的事實來安慰父親，他經歷的只是一個小小的劫難，終有度過的一刻。父親正點頭認可，而呼吸治療小組的醫護人員，過來拍痰抽血驗尿之後，你看到虛弱的父親緩緩搖頭、搖頭，把你的心搖成碎片！

生命！究竟需要如何取捨？才能叫人無憾無怨啊，天！

4 萬民蒼生芻狗，造化如砧

腦神經科加護病房內，中風病人一半，另一半是交通事故的受害者，科技文明帶來的橫禍，也叫人扼腕。

女孩才七歲，剃光了頭髮，臉頰眼窩腫脹青紫，切開小小頭顱的手術痕跡怵目驚心！進入加護病房半個月，女孩一直呈現深度昏迷！

惹禍的皮球，來不及反應的轎車，那彩蝶般由騎樓追出接到的小公主，從此墜入老巫婆的惡毒詛咒裡。

按照規定探視的時間，一天，家屬和病人只有四次見面的機會，女孩的床位在父親左側，你每次都看得到那年輕父母慘咽呼喚女兒的一幕，令人鼻酸。

一張張床舖旁邊，如此呼叫患者名字的聲音，滙成洪流！聲聲悲切挽留，而溢逸出軌的靈魂，竟似充耳不聞！

時間一到，護士小姐會溫柔驅趕不忍遽去的家屬，她們說：「會客時間到了，病人需要休息和治療，有什麼事，我們會到休息室聯絡你們。」然後，一扇交剪的玻璃門，寒涼切斷親情牽掛的千絲萬縷！

你也看過幾次，有人滿懷喜悅，搬出加護病房休息室，轉入普通病房復健，幾天後，紅著眼睛又回來加護病房！七彩豔麗的肥皂泡沫，旋生旋滅，那是宿命最最惡毒的玩笑。

如果是無助的深更，蒼生命譜在墨夜裡微微開啟，某個名字溜出扉頁，還原為星空下一縷遊魂！那麼，宿命委任的使者走過來宣布時，聲音會肅穆而莊嚴，她輕輕重複病患的床鋪號碼，輕輕詢問誰是這個號碼的家屬？

幾個倉皇顫抖的家屬，尾隨護士進入加護病房。醒過來的人相互交換悽慘的眼神，寂寂闇夜，那骨肉剝離的尖厲呼號，刺人耳膜，捶人心鼓！

慢慢的，休息室內開始有誦佛聲、嘆息聲響起，有人說：「早去早投胎，後世免拖磨！」語音隱隱傳達一種卸落人世重擔的輕鬆！你扭頭望向這個彷彿天性涼薄的婦人，卻見她那憔悴削瘦的臉上，熱淚滿頰。

造化如砧，蒼生萬民盡是芻狗！休息室內，多少火宅心情，藏在鬱暗天地裡！而荒莽惡夜正長，恍若這人世酸辛折磨，永無止期！

5 愛與死

你於是知曉，死乃羅網，愛是網上倒懸利刃！歲月冷冷提網，逐漸收緊網口，待得掙扎而出，已是渾身淩遲傷痕！匯集的鮮血，滾滾染紅塵世。

在這寒冰冷焰的角落，人——間——無——味。

此文刊於民國八十年十二月一日《台灣新聞報副刊》。親情懸絲欲斷未斷，憂思日夜焚心，藉此文紓解心情。

卻得一字一淚的「人間無味！」

相送無悔

阿爸，你有講過，人生，海海啦，有啥好計較？

但是，阿爸，我不甘願，我要計較！若講你一生運命的安排，是天父伯仔伊……伊太沒公平咧！

1 闇夜

四季遞嬗，春華秋實，你一向知曉萬物枯榮的定律，甚至你已提早發覺，身家性命到頭來都得撒手的真相。就算有輪迴，奈何橋頭一碗孟婆湯，又一番世情。金縷衣、破簑笠，難把前世換今生。

生死流轉都分明，你再不肯學那俗世兒女的情腸。

電話裡小妹艱難的告訴你：「哥，爸情況不好，他還……還在等你回來。」哽咽的嗓音，毫不掩飾心碎和慌亂。丟下北部研習課程，你趕著夜車南下。

伴著空洞洞的輪軌聲，夜間車廂特有沉靜安詳的鼾息耳語聲，突顯你一身淒冷，尋個無人的座椅，你把臉頰貼上冰寒的車窗玻璃，讓熾燙夜景在眼前模糊成閃爍光影。

是不捨，也是不忍！哲理思辯原來無法圍堵親情斷滅的悲湧巨浪！更因你是長子，早早領受父親橫抗人世風雨的艱難。八歲無父，弟妹尚在襁褓，一窩飢餓的半大孩童和寡母，在日帝殖民物質極度匱乏的生活中捱著日子。父親當過牧羊童，賣過枝仔冰，還未成年就承租幾畝水田，從此扛起一家生計。你不只一次聽母親說起從前，也不只一次跟著父母下田，插秧刈稻施肥除草，同樣的農家生涯，你懂人事以來，飯鍋裡番薯籤上已有一層薄薄的乾飯。

而父親，父親總把乾飯撥在一旁，留給幾個小眼大口的兒女。

低調歲月裡，你伴著父親傾聽瘖啞的旋律，你眼睜睜看著他兩鬢舖上霜雪，弟妹長大了，父親老了，貧困生活中的孩子拙重勤奮，是他最大的安慰。

人世若有黃昏，父親的心情應是該享清福，該鬆口氣的晚霞柔暉，誰料一場急雨，卻將他生命推向闇夜！腦幹中風，奪他口舌手足！讓他不能吃，不能走，不能說！

怎能叫人甘願！怎能？

列車在月台上停留，上車和下車的人不多，你僅匆匆瞄一眼站牌，就把外套蒙住頭臉，讓雙眼淒慘的顏色，融入無邊無際的黑暗中。

○

阿爸，你要等的大漢後生，從北部趕返來啦，你知影嘸？知嘸？你袂放心阿母是嗎？阮幾個子兒會來照顧伊，你……你目睭闔起來，睡一時，好嗎？阿爸！

2 訣別

你終究趕上了，和一雙淒迷老眼，相視告別。

呼吸器調高頻率，氧氣鼓動心肺後規律的自喉部氣切管嘶聲吐氣，然而醫生還是搖頭！你知道，父親纏綿病榻一年半來，經歷過無數次和死神拉扯的過程後，他累了！深度昏迷的眼瞳，彷彿極目眺望一處遙遠的地方。你握住他冰寒無力的手，心裡明白，這次，再喚不回來一顆哀苦決裂的靈魂！

人世於他，原就是苦海，縱然不捨，你再不忍留！

你吩咐弟妹，替父親更衣著鞋戴帽，然後，抱他入廳堂。母親牽調的哭號一路追隨，弟妹扶持著她抽噎著泣不成聲，只有你，咬牙睜眼，不讓淚水濕透父親靈魂的羽翼，一步一步，你盡量走得平穩，一步一步，你悲悲涼涼的走入記憶最深處。

曾經，蛙鼓擊響田野的夏夜，你膩著要跟父親一起去巡田水，去時你只記得整隻大手摩擦你手臂的粗糙，回來時你這愛睏的小娃是給抱著走路的，稚嫩的小心靈裡，猶能感受重重汗酸味的臂彎裡，屬於一個莽悍父親疼子惜子的柔情，你睡得甜蜜而幸福。

如今，你這已成長的兒子，以著相同姿勢褓抱著父親，是最後且唯一的一次了，父親，你的父親將從此長睡不醒。

廳堂裡，你替父親蓋上黃綾錦被。點三炷清香，求大廳供奉的觀音垂憐接引，告列祖列宗沿途迎送。訣別的儀式已過，你離開一室碎斷肝腸的號泣，走到曬穀埕邊緣，仰頭，寒星明滅，冷月如鐮，待收割的早稻正氤氳出一片茫茫霧氣。

蛙鼓蟲絃，俱無聲。

〇

自動車、樓仔厝，攏燒給你，子兒媳婦無法替你煮三頓，也有一對奴婢去服侍你。阿爸，你擱有欠啥咪嘸？

免儉，免擱省，在世為某為子作牛作馬來拖磨，這𣍐，你啥米攏免掛心，過你的好日子，知嘸？

3 招魂

入棺、頭七、牽亡、靈堂布置等等，喪葬諸事千頭萬緒，你必須冷靜逐項處理，分派哭紅了眼、哭亂了心的弟妹去採購或聯絡，協力把父親生命最終的句點，畫得圓滿無缺。

你始終沒有忘記母親，折翼之痛正無情凌遲著她軟弱的心靈，但你更無情的僅容許她早晚入廳點燃一炷香，當她撫棺慟哭不止，你不惜冷厲著臉，喊她入房，再叫媳婦擰把熱毛巾給她。

只因你懂父親，懂父親的豪氣與柔情。豪氣讓他展翅獨凌風雨，護住一個家而不說一聲苦；柔情讓他不忍看見妻兒有任何委屈的淚水，那將使他不安。你還記得，多年前，一個天寒地凍的深夜，你自睡夢中醒來，竹籬土牆阻不住父母隱忍的爭執聲。你裹著棉被側耳傾聽，你大略了解，秧田裡尚有幾畦雜草未拔完，影響隔日和人約定噴灑農藥的時間。母親認為父親嫌她動作慢，哭泣著執意半夜出門把工作完成。而父親沉默僵硬的攔在門口，你一直等到爭吵結束才又睡著，清晨醒來，父親濕透著身子抖抖顫顫的回來，母親一邊煮薑湯一邊哭罵，說父親不該趁她睡熟後偷偷去拔草，若要凍死在田裡，也該兩個人一起凍死。

母親柔韌牽纏，父親剛硬堅定，個性上的兩極化使他們一生情愛總以小爭小吵的方式呈現，而今，一道生死界址畫分陰陽兩岸，隔河相望唯剩淚眼了。

靈厝紮好後搬入大廳，亭台樓閣裡擺放電視冰箱茶几，唐裝侍女花童站在賓士轎車旁，荒謬的組合，道盡傳統信仰潮流波動的決心。然而，母親長鎖的眉結微微舒解了，是的，你寧願母親相信，靈界和人間並無不同，因為子女孝思，父親得享富貴榮華。

吹打嗩吶的牽亡曲，音調高亢悲愴，重複的呼號一路引渡魂靈，翻山越嶺，渡河過橋，歌者和舞者相伴父親走上陌生的黃泉路，走入綺麗奇幻的幽冥深處。你披麻帶孝，屈膝長跪相送！心裡哀哀默禱：「父子相聚一場，到如今恩斷情絕，你走好，莫回頭。」

永別了啊！父親。

最後一夜，冥幣疊積高塔，父親的舊衣褲塞入靈厝置於錢堆上，一條白綾帶圍成圓，血親子女各執一結站在圈外。你一把火點起熊熊烈焰，跟著法師大聲呼喚父親返來收庫錢！你仗恃著烈火閃動的光影遮掩，把一聲聲阿爸喊得淒切斷腸，喊得柔情低迴……你終於讓奔流的熱淚，肆無忌憚！

紙錢灰燼翻飛若蝶，羽翼碎斷，旋入夜風中，一場火，千緣萬緣俱滅！千緣萬緣俱滅呵！

○

四塊板若未合上，是忠是奸攏不知，你講過的話我們都還記得。你要你的兒女心肝放在中央！這擗，你入棺落土，應該含笑瞑目，你一生攏無偏差，無去欠人一分五厘，你是君子啦，阿爸。

4 寂滅

墓園風吹正急，哀樂的喧吵，送葬親朋東一簇西一簇的竊竊私語，都讓細冷山風捲散，只有招魂幡烈烈響聲刺人耳膜心鼓。

幾次重燃滴淚白燭，你看著五寸釘合上父親一生功過，看著塵土一把把灑上父親棺槨，有種寂寂寞寞的感覺，漫過空蕩蕩的心。蓋棺論定！父親曾在生命低潮時，以但求一生無憾來安慰自己，博個身後清名。他常說一句話：「君子愛財，取之有道。」田畝生涯，求一溫飽已然不易，父親仍在貧困窮苦中不忘堅持一身崢嶸風骨，他以接濟的心情，讓鄰人借錢借米不還，在承租土地可以放領時答應地主相求而慨然歸還，他事寡母至孝，贏得小村鄉親父老口中佳評，識字不多，道理分明，庄頭庄尾偶有兄弟不合妯娌爭吵，「永祥伯」出面一句話，便可止息波濤。

耿介正直的父親，果真求得一生無憾，將清白身軀還諸天地，然而你的寂寞彷彿逐漸凝聚的寒氣，激起肌膚畏寒微粒，自頸項後背一路延伸至手腳。你的臉一定褪成刷白，你的身子一直在發抖，因為這樣寂寞至深的感覺正指向一個淒涼的見證：人世多少掙扎困頓，終歸塵土！

忽然你能體會，父親此時此刻同樣的寂寞了！是的，是的，原來奮勇催韁踢踏踏奔出千里世途的你，早明白人生而赴死的結局，且已準備澹泊接受，求仍求在生命體驗的過程中，和父親一樣，求個無悔無恨的寂滅罷了。

離開墓園時，法師道士聲聲叮嚀，莫道再見！殘陽餘暉，斜照山坡蔓草荒塚，一行白衣麻服的隊伍，沉默無聲。

還向山下煙塵滾滾處。

（寫於高雄）

英雄與美人

1 初識江山美人

小學國語老師頒下一道命令：禮拜天去看電影，寫心得報告當作文分數，星期一交。那時候大概是民國五十幾年吧？鄉間父老為了番薯籤上能鋪厚些白米飯，揮鋤駛犁都來不及了，誰看電影？因而週末下午，我主動要求下田幫忙拔草，等到夕陽欲落，又把那頭大牯牛牽出來餵飽青草，塗上一層厚厚的泥巴以防蚊叮蠅咬。

吃過晚餐，寫完功課，堂屋庭院之間進進出出，仔細觀察兼琢磨大人臉色，直到院子裡納涼的阿爹不耐煩了，開口罵人：「若有啥米代誌，緊講講咧去睏，伊娘咧，不曾看你乖這款型的。」

大不易啊，我這一生裡的第一場電影。

隔天，我讓瞎一隻眼睛聾一邊耳朵的堂叔公，騎腳踏車載往鳳山的新生戲院，看了一齣《江山美人》的電影。

心得報告當時怎麼寫，早已忘懷，倒是《扮皇帝》和《戲鳳》這兩首黃梅調歌曲，至今偶一入耳，依然親切得很。

我相信，一個人性格的養成，和其童年際遇大有干係，只為《江山美人》這齣戲中，李鳳姐的痴心和正德皇帝的薄倖，曾讓小男生義憤填膺過，造就今日一身俠骨，滿腔柔情的我這大男人，想來也算順理成章吧？

依我分析，阿爹叫獨具慧眼的堂叔公帶我去看我的啟蒙電影，是選對人了。

2 因爲一張臉，千艘戰艦下了水

初中三年，才算是我的電影年。

省立鳳中兩個禮拜演一場電影，高中部和初中部學生全擠入大禮堂內，第一次的印象總是特別深刻，何況那是我活到……活到初中這年紀才有得看的第二場電影！片名：《華倫王子》。

華倫王子以馬術超越障礙，終於奪得公主芳心，為了這一幕圓滿結局，三個興奮的小毛頭在放學途中，拿腳踏車替代駿馬，模仿華倫王子鞍裡藏身的絕技，我才笑他倆墜馬姿勢難看，自己也掉下來了！

更慘的是——我的書包帶子勾住腳踏車把手！整個人被拖著在碎石路上跑好幾公尺，再讓那鐵製駿馬給壓在底下！真的差點——只活到初中一年級。

接下來我的第三部電影：《蠻荒歷險記》。

男主角和大鱷魚在沼澤裡翻翻滾滾浴血搏命！那鏡頭逼真得讓人心驚肉跳，女同學們更是閉著眼睛放聲尖叫，禮堂內一陣大亂！

驚魂甫定，才發覺鄰座女生還抓住我手臂不放，正狠狠的掐著我那剛結疤的傷口！雖說痛得、嚇得我不敢動彈，心中泉湧而出「英雄當護花」的那股男子氣慨，卻怎麼也控制不住。

所以，再兩個禮拜，《木馬屠城記》裡，一千艘戰艦，為海倫公主下了水，挑起長達九年的特洛伊戰爭！眼看著許多天神般凜凜戰將在長矛巨劍下喪失生命，我還是不同意「禍水」之說。當海倫公主在特洛伊城牆出現，那些勇士完全忘記身在戰場，他們心中只有一個念頭：男人，正該為這樣的女人而戰。

年少輕狂，老實說，當時我也是剛好這麼個想法。

為了成為驍勇善戰的男人，我開始參加空手道社團，並且夙夜匪懈，苦練不輟！這段期間，學校放映的舊片：《美人如玉劍如虹》、《暴君焚城錄》等等，免費的經典電影照看，自己另外花零用錢買票的則是《黃金孔雀城》、《丹下佐膳》、《盲女神龍劍》等日本武鬥片。

空手道講究出手快狠準，劍技推崇一擊必殺！我判定這才是男子漢該有的行事作風。那時候，真是渾身刺哪！至於為什麼沒在當時變成好勇鬥狠的小子，在廟街市場闖出一方地盤，至今仍百思不得其解。真要追究，或者就是因為一張臉，一張端莊靈秀的清水臉兒，坐在我左邊靠窗的位置。我必須努力保持好成績，才能繼續當學藝股長，繼續朝她收週記、考試卷什麼的。

跟她講話我會結巴冒汗，可那一張臉啊，要我有一千艘戰艦，也全叫下了水。

3 英雄難過美人關

初愛情懷，像極了澀澀、酸酸、甜甜的青蘋果。一直到空手道繫上黑帶，揮拳踢腿可以輕易碎磚裂瓦，我還是沒勇氣讓青蘋果熟那麼一點點。

武術讓我渾身散發磊落俠氣，羞赧戀曲卻把滿腹柔腸唱成千折百迴！這期間看過《貂嬋》、看過《西施》，歷史故事搬上銀幕演出，一會兒千軍萬馬破敵攻城，一會兒妖媚女子捧心顰眉！我跟著熱血沸騰，也跟著低迴長嘆，看著看著卻開始搞不清楚，所謂「傾國傾城」四個字，說的是女子容顏之美呢？還是心腸之毒？

青蘋果落了地，滾到別人懷裡時我終於找到答案：西施和貂嬋都是女間諜！詭計多端，難以捉摸，誰愛上了誰倒楣！

結論則是——自認自誇英雄者，莫闖美人關。

4 梁山伯與祝英台

好長好長一段時間，再不肯輕嚐溫柔滋味。

高中畢業後改練跆拳道，入伍後就當上了跆拳教官，這個時期，電影最紅的雙生雙旦——雙林是林青霞、林鳳嬌，雙秦是秦漢、秦祥林，演出許多浪漫愛情悲喜劇，我鐵了心一概拒絕觀看！

恰巧這時候的王羽、陳星、譚道良、倉田保昭等演出許多南拳北腿，傅聲、狄龍、姜大衛、戚冠軍等人也打出新派奇幻武俠，最遺憾李小龍，掀起全世界的「中國功夫」熱潮，卻巨星殞落！

幸好還有成龍的《蛇形刁手》和《醉拳》系列電影，讓武打片再創新風潮……這段武功鼎盛的時代，銀幕上若沒了刀劍拳腳，保證沒票房！看電影，如我這般拒絕文藝片的，也就沒得選擇了。

英雄好漢看多了，正有點兒乏味，絕代美人終於在我生命中出現！

這美人也不忌諱七世夫妻的故事沒一個好下場，第一部邀我去看的電影，就是舊片重演的《梁山伯與祝英台》。

聽說，有許多歐巴桑為了看凌波和樂蒂，追著片子跑，連看一個月，哭了三十天！如此傳聞，讓我這昂藏丈夫陪她看這片子之前，產生莫大壓力！俗語說得好：「做戲空、看戲憨。」為子烏虛有的電影情節傷心掉淚，唯婦人孺子才這般易哄易騙，更何況第一次約會第一場電影，何苦愁雲慘霧？

我雖據理力爭，百般抗拒，卻終究乖乖的跟進了電影院。

她原本還繃著臉，不大理睬我，十八相送時她臉上線條慢慢柔和起來，眼角眉梢盡是春風。樓臺會，祝英台拉住梁山伯難分難捨，她紅著眼握住我適時伸過去的手，等到祝英台轎前兩盞白紗燈，轎後三千銀紙錠，上南山哭墳，那一聲扯裂心肝的梁兄哥喊出口，她終於趴到我胸前淚如雨下！

教拳練武，鐵石心腸多年的漢子，撫著她婉轉秀髮，任憑她眼淚鼻涕濕透衣襟，才另有一番體驗：所謂英雄難過美人關，原來這關卡陷阱，十之有九，都是英雄們自個兒溫溫柔柔往下跳的，跳得心甘情願極了。

5 十三姨

結了婚，一頭栽進滾滾紅塵，夫妻倆並肩齊步往「錢」衝，一張鈔票換塊磚、換片瓦，現實世界多風多雨，我們總算有了一個安全的窩。

有了窩，還沒休息夠哪，她就閒不住了，她要孩子。

真叫忙啊！莫說自身俠骨柔情走了樣，電影裡究竟還出現哪些個英雄美人，都無暇聞問！幸好孩子會長大，會看電視，會跟著周星馳擠眉弄眼，然後——有一天，孩子開口說了：「爸爸，我這次平時考四科都一百分，我們去看黃飛鴻好不好？」

我猛然一驚，歲月果然如箭如梭！正深思這樣的口氣心情彷彿在哪兒藏著？孩子的媽在一旁笑盈盈答應了：「明兒禮拜天，一家人去看。」

我滿足又悲傷的嘆口氣，點頭無語。孩子生平第一場大銀幕電影，一點困難度也沒！

李連杰以大陸武術冠軍的底子，在銀幕上動手動腳，玄奇繽紛兼而有之，連我這內行人也看得目眩神搖，大呼過癮，更遑論大外行專看熱鬧的我家小子。

孩子的媽對十三姨則大有好感，連看兩集之後她有了結論：十三姨爽直帥氣，高貴優雅，簡直就是她結婚前的翻版。

「喔——那現在呢？」話一出口，我就後悔了。

「現在又怎樣？你就直說，說啊！」

孩子福至心靈，看著他媽媽叉腰歪頭，杏眼圓睜的模樣，突然冒出一句：「媽媽好像十三姨……」

孩子的媽神情略見緩和，只要再一句好話，就能消弭這場電影風波。我急忙接過話頭問道：「真的，哪點像？說對了有獎！」

「跟十三姨一樣——兇巴巴！」

哎！哎！這小子……下次甭想看電影了。

這篇是台灣新生報「電影年、說電影」的徵文入選作品。限定主題的徵文比賽，容易下筆，我是循著記憶的軌跡，實話實說。當年口無遮攔的我的小子，如今正在美國南喬治亞州攻讀碩士。歲月啊，當真如箭如梭！

是為記。

薪傳

1 代溝之一

古時漁樵農牧，一向子承父業，歲月腳步沉深遲緩，一痕一印有跡可循，無所謂代溝，「代溝」兩字應是現代產物，貼切傳神的說明，如今急遽變遷的社會型態下，令人憂心的親子關係。

兩代間隔，形成一道鴻溝，能搭座橋的算幸運，可做雙向交流溝通。最怕上一代壘石高築閉關自守，下一代自個尋路往遠處漂泊而去，任憑一道鴻溝橫在那雲封霧鎖！縱因親情牽纏，偶爾隔岸相呼相喚，扯直喉嚨怕也只能喊那麼幾句，便要把嗓子給叫啞了！

母親和媳婦之間的代溝，第一次出現在生兒育女這件事上！其實一個要孩子，一個要孫子，達成共識後這橋原本不難搭，偏是母親要求至少兩對，媳婦堅持最多兩個。一方說生養孩子容易，她那時代多人多福氣，三對四對平常得很，另一方則認為以前叫「生養」，生下來養活養大就算數，現代叫「生育」，生下來要負責教育，教育孩子哪那麼簡單？

四個孩子！太多了吧？

媳婦不跟婆婆頂嘴，委婉順從母親兩對的建議，但我知道橋沒搭成，鴻溝猶在。這邊，媳婦的嘀咕是衝著我來的，孩子也是跟我生的，十年下來，孩子果然只兩個。

幸好母親體胖心寬，樂天知命，前些年還嘮叨著要把孫兒孫女帶回鄉下照顧，我們繼續努力！等到孫兒讀了小學五年級，孫女也上了幼稚園小班，看看仍沒下文，終於察覺媳婦外圓內方的脾性，不再強求。

何況大孫兒不僅典雅俊秀，且禮數特多，星期假日回鄉下老家，阿嬤早、阿嬤好、阿嬤吃飽未？直叫得母親心花怒放。

小美人胚子的孫女更讓人滿意，只要母親拿出糖果來，小紅唇便甜蜜蜜的把她阿嬤親出一臉抹也抹不平的笑紋。

2 代溝之二

飯桌上三菜一湯：紅燒獅子頭、蒜炒豆苗、清蒸鱈魚和一鍋玉米濃湯，色香味一起擺上餐桌。

會煮菜的妻子能抓住丈夫的心，我確實喜歡回家吃晚飯。但是一個會煮菜的媽媽，能不能抓住孩子的心，那就說不準了。

孩子和我正據桌大嚼，勞苦功高的媽媽停筷相問：「正淳，豆苗多挾點，別顧著吃肉。好吃嗎？」孩子縮回伸向肉丸子的竹筷，略一猶豫，轉往鱈魚盤發展，一邊隨口答應：「好吃！有炸雞漢堡更棒。」又出事了！我想。

孩子的媽臉色微沉，口氣有些嚴肅：「漢堡炸雞有那麼好吃嗎？正淳，你已經夠幸福了，爸爸和媽媽小時候……。」

「媽——番薯籤配鹹魚，對不對？」孩子有些無奈的拉長聲音回應。

一家之主有排解糾紛的責任。我打起圓場：「好啦，吃飯。食不言寢不語，吃完飯再說話。衣柔，妳要喝湯是嗎？哥哥幫忙，好，說謝謝哥哥！」

拿小女兒打個岔，轉移焦點，通常效果奇佳。

也是代溝！

妻和我都曾經歷五〇年代貧困農家的辛苦，我們跟著時代的脈動一起成長，看著經濟起飛，也看著生活水平提升到幾近暴發戶般的奢華程度！妻一向知恩惜福，總不自覺得要把這樣的心情和美德，教孩子體驗遵循。

然而孩子真是時代寵兒，早把物質不虞匱乏的生活方式視之當然，再怎麼解釋「一絲一縷，當思來處不易。」解釋「誰知盤中飧，粒粒皆辛苦。」孩子只當歷史故事聽！不想聽，就以「時代不同」作結論，常令妻為之氣結。

除了同年背景相異，母子因而掘出爭議之溝外，其他方面好溝通得很，妻努力研讀許多親子教育的書籍，按章逐節拿孩子印證，孩子個性恢弘寬大，來者不拒，一一領受。

譬如妻設立獎勵卡和處罰卡，說是最新潮、最民主的教育方式，動不動就以卡片行賄或恐嚇！依我看，孩子仍是率性而為的時刻居多，但因其天性善良多情，月底結帳，一功抵一過總還有得剩餘，麥克雞塊和魚香漢堡，照吃不誤。

妻標榜著愛的教育，用心可謂良苦，我同意有賞有罰，但我用自己的方法！孩子那一點點鬼靈精，哪能逃我法眼？該罰了，我只消冷眉冷眼的喊一聲：「正——淳——！」他就乖乖俯首認罪全盤招供！該賞，我鬆下臉皮即可，真要表現特佳，指點他幾招國術，陪他練一趟跆拳，也足夠他歡天喜地了。

照說如此父子英豪，應無代溝存在，其實不然！

那天，我下班回家，幫我開門的竟是一個水靈冰清的小姑娘，衝著我親熱的大喊陳爸爸！孩子站在一旁解釋：「她是我的女朋友，鋼琴彈得好好聽。」

我望著眼前一對金童玉女直發愣！才小學五年級哪！

我大概想太多了，千金一諾海誓山盟之類吧？當晚叫過來孩子，吞吞吐吐的不知如何啟口，孩子倒大方，自己說了：「我一共有兩個女朋友，我們三個最要好了。」

啊？

「沒關係的，爸爸。反正我還沒決定跟誰結婚，我還太小嘛！」

天啊！

是太小沒錯，可怎麼懂得談論婚嫁這事？而且交兩個女朋友會不會複雜了點？我們那個年代，書桌都要拿鉛筆刀刻出一條男女界線，那個有兩條大辮子的丫頭，我連看著她六年，一句話也沒敢說！可我就從不看第二個女生。

我在書房沉思良久，終於承認——真有代溝。

3 代溝之三

女兒還小，涼州詞裡「欲飲琵琶馬上催」的飲字，老唸成「抿」！回鄉下現寶時，她阿嬤聽不懂國語，聽我說她唸的是幼稚園學來的唐詩，馬上讚不絕口：「小小漢就會曉吟詩作對，真聰明、真巧喔！」

我判斷她祖孫倆一定有代溝。

兒子閩南語好些，半生不熟的和阿嬤算能溝通，我看得出他只是應付應付，阿嬤又急又快的閩南語說盡熱情疼惜，兒子知道，卻有些消受不起！兒子曾朝我反應：「我不喜歡麻油麵線，阿嬤硬說好吃！你看，好大一碗，我怎麼辦？」

我也不知怎麼辦！

活在現代中傳統的我，眼睜睜的看著祖孫畫下鴻溝，費盡口舌啣石填海，好像也沒能填平這時代巨輪輾過的——代溝啊。

4 代溝之四

直到有一天，母親在鄉居土埕上起了兩個土窯，打電話過來說要做土窯雞和烤番薯。夫妻檔照顧一個土窯，火在窯裡熱烈平穩。祖孫檔那兒大呼小叫添柴續火，忙得兵荒馬亂！

妻優雅的處理好自己的土窯雞，再過去幫忙母親把最後一顆番薯丟入土窯。兒子烤成了小關公，拿隻木棍撥弄敲打著燒燙的土塊，小衣柔有樣學樣，也拿了老長一隻竹竿，她阿嬤把她圈在懷中，兩人共執一竿，同心協力的正要燜出一窯番薯的溫香。

當土窯雞被小販以擴音器沿街唱歌叫賣時，我卻如此感動的聽著母親頻頻呼喊：「正淳仔，火要熄了，緊拿柴枝來喔！」更感動的是看見孩子們臉上泥塵遮掩不住的喜悅，而這一份喜悅將成為他們童年的甜美記憶，足夠搭起一座橋，跨過鴻溝，走向紅牆瓦厝裡，守候兒孫歸來的——永遠的母親。

螳螂

〇

螳螂，昆蟲直翅類，頭成三角，前肢如鐮似斧，故稱螳斧，生有棘刺，用以禦敵或捕獵害蟲。

具昆蟲類特有的保護色，善隱匿形跡。木螳螂和花螳螂，外觀色彩，直如花木一般！屬攻擊性擬態現象。除了黃雀等鳥類天敵，尋常昆蟲，皆難擋螳斧一擊。

有螳臂擋車之說。雖喻氣雄而力薄，唯橫逆當前，不肯逃避，明知不可為而為之的英雄性格，盡在奮勇舉臂中突顯無遺。

是爾螳螂應是昆蟲類屬之——豪俠烈士。

1 南螳螂、北螳螂

武術一脈，根源出自華佗五禽戲，原只為配合醫理藥物，作舒筋活脈、調氣養生之用。怎知出拳踢腿既久，果能強身健體，踰越常人，遂慢慢演化成繁複精準的中國武術。

莊子在大白天裡，欽羨大鵬展翅，直上青天九萬里，連晚上睡覺也會夢見自己栩然化蝶；佛教修行有所謂苦禪枯禪，那是餐風飲露，以木為師！是寓言譬喻也好，是另有旨意也行，釋道兩教都不乏師法自然萬物的典籍記載。

武術呢？

依我看，人類除了腦容量特大，而懂得使用工具外，爪牙沒有虎狼之利，速度耐力比起牛羊犬馬，頗有不如！上山下海，更別說和有翼有蹼的禽獸相提並論。因羨慕欽佩，模仿獸類禽屬肢體動作而成武技，雖是華陀開其先河，想來卻也是水到渠成，再自然不過了。

華佗的五禽戲，龍、蛇、虎、豹、鶴，後人擷其精華，演出五形拳，爾後開枝散葉，增添至十形！更有專攻一形者，獨創鷹爪、猴拳等門派。直到達摩一葦渡江，入少室山創少林寺，並開放三十六房七十二絕技，引俗家弟子入寺習藝，才把中國武術推上巔峰！

這段武功鼎盛時期，但見街坊胡同內、名山古剎裡，龍吟虎嘯鶴唳猿啼！當真是百獸齊鳴，喧嘩熱鬧。

文字有象形，武術也有象形，而武術大抵選取兇禽猛獸，以為師法對象，盼勤習苦練之後，能疾如飛鷹、迅若捷豹。山東河北地區，偏有一派拳術別走蹊徑，以昆蟲中的英雄烈士——螳螂為師！拗腕屈肘，雙臂如鐮，是謂螳螂門。

追源溯流，螳螂拳和其他門派的武術比較，歷史並不長，算是新興拳法。

時間是清朝中期，山東省即墨縣北少林拳名家「王朗」，發現螳螂捕蟬時不僅動作迅疾靈巧，且雙爪勾纏攔擋，步法進退有據！遂在自己的武技中加入螳螂獨特的姿態，反覆精研苦修，終能自成一派。

最初，此一獨特祕技，只在即墨縣嶗山裡的道士觀中流傳，有「道士間不出門外」的拳術之譽，更為螳螂拳披上一襲神祕外衣。

王朗的螳螂技法，衣缽傳到第五代，已是清朝最末一個皇帝宣統。宣統三歲登基，國力已漸衰竭！武術卻在這個時候，因為抵抗洋槍洋砲而達到另個悲情巔峰。

上海的精武會館首先成立，最重要的武術名家有「霍元甲」和「范旭東」，而范旭東正是螳螂門第五代嫡傳弟子！當時他年紀已大，在霍元甲中毒身亡之後，將精武會館交給第三弟子「羅光玉」。羅光玉擔任會館總教練，閉門傳授螳螂祕技給十八位弟子，並分別派至包括東南亞的精武體育會分會，任分會總教練，螳螂拳遂成為清末民初盛行於南方的武術。

那樣一個列強虎視眈眈，睡獅病重垂危的世代！積弱的清朝帝國無力閉關，只剩下來自民間的武術，以刀劍拳腳緊緊守住門戶！然而，隨著義和團的潰敗，眾多武術名家終於明白，血肉之軀熬練出來的武技，完全無法抗衡火藥槍砲的犀利科技！

一場對日本的八年抗戰，再一場兄弟鬩牆的分裂戰爭！武術在時代鉅變中虎伏豹隱、龍潛深淵，來自山東的螳螂，也因此散入海島鄉野草莽中。放下捕蟬的手勢，拿起真正的鐮刀，除草割稻，在物力維艱的舊世代，為三餐溫飽而揮汗如雨。

螳螂門下弟子，從此天南地北，而南北分歧，或者只是我那學螳螂拳的小叔公，跨過一峽離亂煙波之後，記憶深處無法癒合的——傷口。

2 黑色七星螳螂

「螳螂捕蟬式」，轉「七星天分肘」，再變「登山翻車捶」……。

跟隨著小叔公渾厚的吆喝，七八個半大不小的野孩子，赤足站在厝後大龍眼樹下，一招一式演練七星螳螂的翻車拳。我是大師兄，正面對著永遠黑色寬鬆唐衫的小叔公。

我也面對著一個巨大的謎！眼前這張年輪深烙的臉龐，究竟隱藏了多少歲月蒼涼？當時年少，還純稚得不懂去追索時勢命運惡意撥弄的真相。只知道，我有一個外省口音、武功了得的小叔公，他是小嬸婆招贅過來的，落地生根許多年，仍不改濃濃的山東腔！而且，他教授拳術時，動作靈巧，意態飛揚，和平常那個安靜落寞的老人，完全不同。

跨過中國武術門檻，知曉螳螂拳技的出處源流，小叔公是我的啟蒙和引導者。

他也只談武術！說他在山東萊陽縣城如何跟隨道士師祖習練七星螳螂，如何領悟螳螂拳法快速綿密的特質。七星螳螂因手技、步法暗合北斗七星而得名，以七星式步法配合五打連環，一個呼吸間，可以完成攻擊與防守的五個動作，此正是螳螂捕蟬的奧義所在！

小叔公常常這麼比喻：「蟬的體型大，翅膀又硬，螳螂如果沒有一套借力打力，避強擊弱的手法，那蟬一掙就飛走了！所以螳螂拳練得好，不怕遇上力氣比你大、身材比你壯的對手。」

一句練得好，需要十年八年的苦功夫！小叔公也瞭解時代不同了，他說：「我教你們的拳招套路，記住就好，有空自己練過。師父領進門，修行在個人，練武重要，書本能讀好更要緊。」

小小武術團，半年後因為小叔公一家人搬入都市而風流雲散！七星螳螂弟子，各自求學謀職，也一個個脫離僻遠農村。時代飛躍的腳步和經濟帶來的繁榮，不止讓人目眩神迷，更讓人迫不及待的擺脫許多舊世代步調迂緩的事與物。

須得十年磨劍，才見鋒芒的中國武術，算也是其中之一。

我確定我那些師弟們，早把七星螳螂遺忘在童年城堡裡，只我懷古念舊的個性，還把小叔公黑色唐衫的身影，記得牢。

然而，我是無法解開小叔公深深鎖入眉頭的謎底了。

龍眼樹下，沒有教拳的時候，他可以枯坐一整天，泡茶沉思。或者整個人縮入大藤椅內，不動！任由雪般的花球，落在他灰白的頭髮上，就算他睡著了，那一雙濃眉還是皺出一個結。

他無兒無女，孑然一身，小叔都只叫他阿叔，從不曾叫他一聲爹！雖然我們這些第三代的孫兒女們，被教導稱呼他小叔公，但他還是外人！一個飄洋過海、度過兵荒馬亂的外省人。

我曾經問過父母，小叔公怎麼來的？父母的回答是：「小孩子，有耳沒嘴，擱問，就吃竹枝炒肉絲！」

有關長輩的話題，都是孩子們的禁忌。小嬸婆一個寡婦卻讓男人入門，負面的耳語流傳從未間斷過，一直到我讀了書，知曉兩岸分裂的近代史，便將小叔公的際遇，歸入大時代長河裡，一顆小小的、泡沫般的悲劇水花！

蕭索的小叔公，終究沒等到開放探親的時刻！山東半島的故鄉，故鄉的親人或戀人的懸念，都已隨著他長埋異鄉！

亂世巨輪呼呼輾過，多少人呼號奔逃！小叔公這個螳螂武術家，卻常在我的夢中，化作一隻巨大的——含胸拔背雙臂高舉的黑色螳螂。

3 木螳螂、花螳螂

小叔公以七星螳螂，在我少年的土地埋下武術的種子，生根發芽，抽長的新葉，卻落入旁門別枝！螳螂弟子中，我至多只是一隻潛形匿跡、深藏不露的花螳螂或木螳螂。

翻車拳、七手拳，這些使用螳螂拳三指訣勾手的拳招套路，我只在無人處獨自練習。李小龍的中國功夫電影之後，銀幕上的武打片，只為了鏡頭好看，把象形武術幾乎打成花拳繡腿！讓一般人對中國武術的認知與尊重，有了偏差。我一式螳螂捕蟬亮出，空手道班的同學和跆拳道館的朋友，馬上露出笑容，語帶譏諷：「啊？看電影也能學功夫？太容易了吧！」

認定小叔公這個螳螂師父後，我不願再入別家門派。空手道三年在學校社團度過，畢業後，我練跆拳道，再投入軍旅教授跆拳。而空手道和跆拳道，給我的感覺像便利超商，按月付費，購買統一規格的拳腳技術，快速而有效率！這可以讓少年的銳氣在出拳踢腿間，痛快抒發，卻不必背負叛離師門的歉疚。

或許，我只是不想太快將龍眼樹下，那一襲黑色身影忘記罷了。

也或許，我更不捨的是中國武術那典雅古樸的姿態，在這個華麗世代中，淡出，渺遠。

學習空手道，我曾經著迷於那一聲聲如雷怒發的吼叫聲。一式簡單的正拳攻擊，將速度力量和氣勢融合為一，自由對練時，往往一個動作就分出勝負！講究一擊必殺的武技，適合狂飆決裂的少年心性吧！年歲漸長，我判斷沁入大和血魂的空手道，勇武好鬥失之過剛。

跆拳道，我也曾辛辛苦苦的劈腿拉筋，前踢、側踢、迴旋踢、抬腿下壓，左右腳各五十下，兩個小時就過去了！習慣護具保護的腿技應用，力須使盡，後續的變化就少！沒有曲折幽深的風景，即無柳暗花明之趣，跆拳道大開大闔，氣魄雄偉，卻是一眼就能看穿的武技。

即使跆拳已經納入奧林匹克運動項目，台灣選手也一再掄金奪魁，這來自朝鮮半島的現代腿技，我仍然要說它一聲：失之陋簡！

而師法自然的中國武術，從三國時代起，至今一千八百餘年，早已深入人民的生活習俗，蔚為文化資產的一部分！拳腳舒伸中，涵括醫理吐納行氣的功用；紮馬立樁時，恆心毅力勇氣兼修！且漢民族一向以儒術治國，六藝之中既學詩書，也習射御，書生豪俠集於一身，是謂允文允武，亦剛亦柔，中國武術遂呈現出圓柔纏綿的特質。

即使勝負生死分際，儒家仁恕思想仍讓中國武術在收放之間，留有餘地。如此氣度恢弘，正是其他武技無法企及的境界。

語多偏頗，厚古薄今嗎？我不同意！

我只肯承認，以文字的深情說盡不捨，對日漸式微的中國武術，或者只是另一種螳臂擋車吧！

學文多年，期能濾盡鄉野出身的草莽之氣，習武多年，更盼一掃書生之怯懦性格，倒落得如今不文不武！幸好，小叔公的七星螳螂還在，且不管書生或武夫，閒來練它幾趟七手拳，停身收式，深吸慢吐，即可散盡胸中濁氣。

身似落花，心如槁木，花螳螂也好，木螳螂也罷，都無妨。

洪拳小子

0

中國武術源遠流長，千門百派各擅勝場，但若以地域區分，有南拳北腿之說。長江為界，北方多崇山峻嶺，戈壁草原。樵獵畜牧營生的人民，在攀爬奔跑中練就強勁腿力，當地武術取其長處演變進化，因而擅以腿技克敵制勝，號稱北腿。

南方多水，湖海江河裡行舟搖櫓，下盤要穩得住波濤風浪，臂力要夠得上撒網捕魚，故南方武術首重馬步橋手，是謂南拳。

南拳發源於南粵，南粵武術有五大名家，即洪、劉、蔡、李、莫。五大名家以洪熙官為首，劉三眼、蔡九儀、李錦綸、莫清嬌等亦各掌門派，其技皆出少林三十六房。

洪熙官開宗立派，未敢相忘師門栽培情義，取名「少林洪拳」。其拳術講究硬橋硬馬，沉穩威猛兼具！被譽為南拳之最。

1 恆心第一

學藝習武，淳兒，你的啟蒙武術，正是少林洪拳。

還記得那時，你小學剛畢業，學校附近新開張一家武館，你央求我陪你去看武館的開館慶典。喧天鑼鼓聲中，舞獅、兵器、拳術等表演，令你目不轉睛，你和另外兩個跆拳班的同學當場報名。回到家裡試穿功夫裝，黑色燈籠褲紮住白T恤，背後少林洪拳四個大字，左胸紅色「武」字圈成圓，你臉上的笑容靦腆中帶著驕傲！我彷彿看見一個正要習取絕藝，仗三尺青鋒問世間不平的小小俠客。

我大略向你提起洪拳的門派淵源，以及創派祖師洪熙官的傳奇事蹟。《少林英雄傳》和《火燒紅蓮寺》是你最愛聽的故事中的主角人物，大俠甘鳳池、呂四娘、洪熙官、方世玉這些前輩武術名家，技藝之精湛，未必全是小說家虛構之言。

武術不只可以讓人體魄強健，也能讓人意志堅定、反應敏銳。我因此願意支持你習練武術的決心，希望你在課業升學的層層壓力中，能以拳腳突圍而出！我不要一個書獃兒子。允文允武一直是老爸的夢想，但盼能在你身上得以實現。

其實你接觸武技，為時甚早，早到你或許已不復記憶。

你自小聰慧靈秀，讀書識字，一點就透！幼稚園到小學，我從不擔心你的學習能力，我要雕琢的是你的個性。你的名字叫「正淳」，當初自認一介武夫的老爸替你取名時，頗為嚮往「淳淳君子，溫良如玉」的境界，想不到你不僅人如其名，甚且猶有過之！溫柔良善得太嚴重，不免透出幾分畏怯懦弱之氣。

不像一個男子漢！這點，老爸萬難接受！

育嬰專書、幼教寶鑑，異口同聲肯定個性養成是——三歲看六歲，六歲看一生！你一直到六歲了，仍然溫良如玉過了頭，看不見哪裡有稜有角！我開始教你空手道裡拳腳膝肘的攻擊與防禦。

六歲到八歲，咱父子親情唯一的表達方式，即是怒目對峙、拳打腳踢。

總算逼出你些許男兒氣概！進入小學，你主動要求參加學校的跆拳班，謙沖爾雅仍是你的個性基調，持續有恆的武術鍛鍊，卻慢慢為你打造一身勇士鎧甲。

我滿意的看著你我童年的影子，逐漸重疊。

學校的跆拳和老爸的空手道，陪你嬉遊成長，小學畢業的那個暑假，你入洪門拜師學藝，才算真正踏入中國武術殿堂。

虎形拳、鶴形拳，以及洪門刀槍劍棍伴你走過國中三年，高中聯考，你仍能拿到不錯的成績，進入明星高中，可見學文習武，並不衝突。如今，你已升上高三，身高快速抽長，體重尚未跟上。雖說外觀稍嫌單薄，所幸武術讓你筋強骨壯，打起鶴形拳，恰似一隻矯矢靈動的大鶴。

高一公尺八〇的大鶴，翅打啄刺爪勾，就算虎豹也難近身！我常常這麼笑著鼓勵你。和你過招，我的空手道雖仍能壓制大鶴撲擊，所謂「拳怕少壯」，或許再隔個幾年，咱父子交鋒時，輪到你要拳腳留情了。

可是——淳兒，我不得不心疼的提醒你，恆心！面對嚴苛的大學甄試關卡和繁重課業壓力，不能折損你原有豪情，你仍須對武術一往情深、執恆無悔。

老爸我將心甘情願，成為你手下敗將。

2 俠氣第二

小學同班情誼延續到高中，你和兩位武林同道相交莫逆，自封「風塵三俠」。我問你唐人傳奇的《虯髯客傳》，你說知道。而李靖、紅拂女、虯髯客三人，英姿颯然，俠氣縱橫，後人說書話本裡，每每譽之為風塵三俠，這典故你就不甚清楚！我搥了你肩膀一拳，笑說：「小子無知，焉敢與古之豪俠相提並論，何況還少了個女生。」你的回答可是一點都不謙虛：「原本不知，現在知了！不改，所謂見賢而思齊也。」

每個月，你們會挑一個禮拜六晚上，各攜刀棍器械，到小學對面的公園裡練武，一去就是幾小時！回來第一件事——翻家庭醫藥箱找碘酒藥布！馬有亂蹄、拳有錯手，公園裡燈光不是很夠，偶爾淤了青扭了筋，我很能體諒這不算什麼。

小妹和媽媽從最初的驚慌失措疼惜不忍，到如今已能處之泰然、不聞不問。並且相信武術已經讓父子倆有了金剛不壞的身體和鐵石般的心腸。

風塵三俠中，你虎鶴雙形兼修，「俊彥」矮胖柔軟，對太極拳劍情有獨鍾，「秉逵」果然魁偉雄壯，學校技擊協會的台柱大將，專攻空手搏擊。我應邀參加你們的聚會，俊彥讀國一的小妹也跟了來，新的外號叫「紅拂女」，一手學自哥哥的太極劍，紅色劍穗和烏雲長髮一齊飛揚旋轉，煞是好看。

公孫大娘舞劍可以入詩，我說小紅拂的劍舞，亦可入文，哪天想到了，我會寫入文章裡。

含笑倚樹，觀賞你們的武術演練，一輪圓月懸掛天心，樓影車燈干擾不到公園深處，那月光恰似淡淡冰雪。我記起《幽夢影》中的字句：「月下說劍、肝膽愈真。」眼前幾個武術少年，不但有了肝膽相照的交情，言談舉止，更是大有磊落俠氣。

除了俠氣，還有銳氣！我終於知道你們受傷頻率偏高的原因。

月下論劍的壓軸是比武過招！雖然說好拳腳放軟，點到為止，但你們在一味求快的攻擊中卻疏於防守。或者學習日本劍鬥的模式，對峙良久之後閃電出擊，結果是兩敗俱傷的情況居多！

我也有過銳利狂飆的少年時期，但那時候空手道的自由對練，身上須有周全的護具。擔心傷害造成遺憾，我嚴格禁止你們的危險遊戲！並且下場傳授你們空手道的「三步對練」，讓你們在攻與防的套招中，可盡全力。俊彥的太極推手以圓柔見長，我要你們和空手道交互演練，可收剛柔並濟之功。

陪著你，也陪著你的摯友對練套招，步入中年後我沉潛已久的豪情記憶，逐漸浮現。

時光緩緩回到從前。鄉間田野，初生秧苗已在夜霧紗帳中沉睡，如水月光下的圳溝石橋上，還有三個俠情萬丈的武術少年，正拳來腳往，叱吒如雷！

那時候，我和你兩個堂叔也有外號，就叫武林三劍客！後來好像改了……很巧！改成風塵三俠。我確定當時根本不知道《虬髯客傳》的故事，應該是——搬自布袋戲裡的人物吧？

3 功夫第三

洪拳成為南奧最傑出的武術，至今仍為國術中蓬勃發展的門派之一，原因就是「洪熙官」始創的硬橋硬馬，絕對有其存在的價值。而洪拳橋馬，把一個人的軀體鍛鍊成鋼鐵一般，首重練功！這「功」字須由紮馬做起，洪拳的馬，第一是四平大馬，第二是子午馬，兩者俱是實馬，也就是落地生根的樁步。

當年洪熙官紮馬立樁，別說一個人去拉去推，合十數人之力，亦難撼動分毫。馬步練至淵停嶽立的境界，三年五載，未必能夠達到！「若要功夫深，鐵杵磨成針！」就這句話吧。

長篇大論回應你偶爾的沮喪和質疑，你聳聳肩膀，輕鬆的回答：「老爸，花幾塊錢可以買一大包繡花針了！去磨鐵杵幹嘛？」

書房裡有關武術的對談，你稱之為英雄對話，我准你有言語免責權，你的思考和言談因此天馬行空。「洪熙官的馬步，遇上酒醉駕車呢？」你又問：「我有猛虎下山、白鶴亮翅，人家有手槍獵槍，如何是好？」

屬於青少年的叛逆與焦慮，我容你任性抒發，並且完全同意，武技和科技一比，果然黯淡無光！問你還練不練？你說：「當然練，至少學校的不良少年不會來惹我。」

你近乎笑謔的言語背後，我相信正是當前武術家必須面對的嚴肅主題！崇尚快速、效率的新世代，武術是否也該求變以為因應？空手道和跆拳道將繁複的招式精簡整理，習練一年兩年，即有小成。而中國武術，單是基本馬步橋手，總要十年八年才見功夫，追趕不上時代急促的腳步，是不是意味著必將脫隊落伍？

也許，你只是身處龐大精準的科技世代，提早察覺生命個體的孱弱渺小罷了！你說古人登泰山而小天下，而今人類擁有探索月球或銀河系的識見眼光，反觀寄生於藍色星球的自己，個體單位近乎無限小！這無限小的小人兒還揮舞著手腳，豈不可笑？

你這些顛覆的奇思異想，已經不是針對武術而發，而是人類存在定位的根本大問！進入哲學層次。我可不要你如此老氣橫秋。

但願是我過慮！你年輕銳利，像剛出爐的長劍，正待一試鋒芒。以武術相陪你走過這段人生路途，勇武豪俠的性格養成之後，你會是我永遠的洪拳小子。

是真的過慮了。昨天晚上，你身著功夫裝，走進書房朝我抱拳說話：「嗨！老爸，明天沒有模擬考，今晚可以練功。你如果不趕稿子，我們比賽蹲馬步，正宗的四平大馬，看誰先軟腳！怎麼樣？」

我擱筆微笑，說：「行！奉陪。叫小妹跟媽媽電視看累了自個去睡，別來鬧場，咱到陽台上比過。」

看著你走向陽台的背影，我的微笑慢慢收起，深吸口氣，跟著你走出書房。

英雄譜

〔功夫英雄〕之一

追溯中國武術源流，皆曰始於華佗五禽戲，距今已一千八百餘年之久！華佗允稱一代名醫，費心模仿獸類禽屬嬉戲、拒敵、捕獵等姿態動作，依我看，應只為舒筋活脈、強健體魄之用。當時正是諸侯逐鹿中原的三國時代，英雄名將大抵選擇苦練射、御兩藝，期能長弓大戟衝鋒陷陣，替自己寫下煌煌史卷，對華佗這等出拳踢腿小巧騰挪之技，恐怕興致缺缺。

古中原武術，寂寞千年，一直到達摩東渡，少室山面壁九年，以佛法和武術創造出一個傳奇少林寺之後，才逐漸熱鬧起來。

少林護寺武僧以拳腳棍棒立威，令盜賊流寇聞之喪膽的事跡廣被渲染，許多入寺避禍的俗家子弟，因而開始習武，三十六房七十二絕技，慢慢流入民間，與古中原武術水乳交融。

武術興衰，和世局治亂息息相關！清末列強入侵，有廣東十虎歸隱南奧，延續武術一脈香火，民初有精武體育會館，以武術振興國魂，奇技異能之士於亂世中卓然傲立，各領風騷。而師徒父子枝節蔓延，精益求精，更令人目不暇給！傳承至今，僅港台兩地，開宗立派者何只百千！

終於出現了李小龍……談武術，不能不提李小龍。

他藉由電影媒體，掀起一波波世界性的功夫熱潮！莫說歐美等西方人士如痴如醉，連我這慣看父祖叔伯在宋江陣裡舞刀弄棍的東方傻小子，也不免大徹大悟！雄心斗發曰：「欲學驚人藝，需下苦工夫！禹舜何人也？李小龍何人也？有為者亦若是！」

巨星殞落那年，我十六歲。和我一樣被撩起學藝習武之心，並以李小龍第二自許的功夫小英雄，正是車載斗量，數不勝數。

〔螳螂英雄〕之二

揮舞著兩把小鐮刀，打開武術大門！我的啟蒙拳法是七星螳螂。

同時入門的師兄弟七八個，我算大師兄，小師弟是么叔才九歲的寶貝兒子——掐一下就掉淚的小胖子也來學功夫！師父不必外求，四合院最外面那間房裡七十歲的小叔公就是。他屋後的龍眼樹下擺著木桌藤椅，永遠乾乾淨淨，印象中，他好像一直在那邊泡茶，黑色對襟唐衫，寬鬆的籠著瘦小的身子，卻絲毫不減他的威嚴。

我後來知道了，大人小孩都怕他，不是因為他兇巴巴的眼神和外省腔調，也不是他的輩份和年紀最大，而是他真的身懷絕藝！他當過我們鄉鎮的民團教練和宋江陣的陣頭武師。

我們拜師，小叔公收徒，因我而起。

李小龍在萬國搏擊決賽那場，以三個旋轉虎尾腳打敗巴西巨無霸對手金布勒。電影裡，連續踢出八腳，八個圍堵他的歹徒應聲倒地！如此絕技，怎不叫人砰然心動？

每天放學回來，我就在離龍眼樹不遠的稻草堆旁邊，苦練小龍三腳。

旋轉，撐出一腳，再旋轉，撐出第二腳，然後摔倒！練了好久就是撐不出第三腳。當我正轉得頭暈、摔得酸疼，竟發現小叔公笑皺了一張臉，站在我旁邊！說：「馬步未練，哪敢起腳踢連環？」

我沒有回答，其實心裡害怕！平常只會泡茶罵小孩的叔公，好像變個人了！

「來，你踢我一腳看看，要用力踢！」他又說。我更不敢！踢小叔公？給阿爸知道不打死才怪！

小叔公堅持要我踢他，為求脫身，我決定只碰觸他寬鬆唐衫的下襬，並且交代千萬別動，要不然會踢到肚子！我穩穩踢出一腳，小叔公卻動了！側身掃腿，好快！我只覺得後腳隨著前腳浮了起來，整個人往後摔！小叔公跨步蹲低，伸手到我脖子後面，穩住我的身子。

我跌進了小叔公鐵條般堅定有力的臂彎中！不，這一剎那，我彷彿跌入武術強悍奧祕的懷抱，開始懂得睜眼，試著去瞭解眼前這個感覺熟悉，其實陌生的老人。

村中玩伴和堂弟表弟，我一個個拉到龍眼樹下，朝著小叔公鞠躬學藝。小叔公先要求紮馬，四平大馬和子午馬一站就超過半小時！黃昏，夕陽欲落未落，樹頂上麻雀吱吱喳喳爭巢撲飛，樹底下，高高矮矮杵著一群野孩子，腰酸腿軟齜牙咧嘴的撐著。

打樁紮馬的基本功，單調而辛苦，雨般的汗水，更是澆熄了振興中國功夫的熱情！不到半個月，小叔公的門徒四散躲藏，各自撈魚捉鳥去了。只剩下我這個大師兄和小叔公口中的乖孫小胖師弟，還咬牙苦練。

半年後，么叔一家人搬離鄉間大厝，小叔公和小師弟跟我道別時，十分難捨難分。我也是！雖然我才練完一套以指掌拳肘為主的大翻車拳，對小叔公的崇敬孺慕，小胖子的同門情義，已是深厚無比。

小胖師弟臨別時，邀我月下練拳，小聲的在我耳邊立下誓言，不管多久，他一定要把小叔公的七星螳螂全部學會，再回來教我。

我挺感動的搥了他厚實的肩膀一拳。這個軟弱胖小子，動不動就淚汪汪的小眼睛，在那一刻，竟是炯炯發亮，頗有英雄氣慨。

〔國軍英雄〕之三

英雄一諾，千金不易，小師弟卻偏偏食言而肥！

過年過節，么叔返鄉祭祖，他跟著回來，這小子愈發胖了，我問為什麼小叔公不回來？問小胖還練不練螳螂？他說阿公怕坐車，一坐就暈！而住在公寓沒地方練拳，加上阿公很喜歡看電視，不教了！他也只好跟著看電視。

我判斷他講反話！一定是他顧著看電視吃零嘴，小叔公才生氣不教！一入繁華都市，即成師門叛徒，他練武術所激發出來的那一點點野氣，又不見了。

我恨恨的祝他：功夫忘光光，小胖變大胖！

等小胖沒有指望！我只好報名參加學校社團，非常認真的練起剛柔流空手道。這一門派的祖師叫「大山倍達」，在日本首創「極真會館」，企業化的將空手道推廣至全世界。大山祖師曾經剃光頭髮和眉毛，獨自遁入深山苦練斬技，功成之後，遂憑此技巡迴世界，與各方名家交手，宣揚他的剛柔流空手道，創立一間又一間的極真會分館。

這期間，大山祖師不但打敗許多體形壯碩的摔跤選手，而且經常表演空手鬥牛，在電視鏡頭和群眾驚呼聲中，以手作刀，將蠻牛衝撞而來的頭上利角，生生斬斷！

初練空手道時我有罪惡感！沒繼續深研中國武術，豈不是背叛師門？問題是學校就柔道跟空手道兩個功夫社團，我自認個性磊落分明，不喜柔道拉扯牽纏的模樣，空手道講究快準狠，一擊必殺！我較合意，只可惜沒有國術社。

真正接觸，才知道空手道源自古中國武術東傳，是謂「唐手」，我的罪惡感總算稍有減輕。

空手道的上、中、下段防禦，由洪拳橋手演變而來，三七步和丁字馬大同小異，滑步正拳攻擊完全抄襲標馬衝錘的動作！誰說日本不是善於模仿的民族？但我不得不承認，他們懂模仿，更懂去蕪存菁，脫胎換骨，將唐手導入一個精準犀利的新境界。

當然，我還留有一絲絲驕傲。

大山祖師的斬技，練了手掌邊緣，只算略窺武術堂奧，傳聞中的鐵沙掌和內家劈空掌，他都沒有練成！而古中國山高水遠、地靈人傑，說不準就有此等奇人異士，豹隱未出。

三年空手道，透過比賽檢定和擊破測試，我由初學者的白色腰帶，終能繫上段位黑帶。一畢業，隨即進入盛行於民間的跆拳道館，加強自己的腿技。中國武術的南拳北腿，分別傳入日本和韓國，我只想收回來一招半式，卻得付學費！「世間焉有此理？」心底嘀咕，練腿時我可是全力以赴，當兵入伍前幾天，我恰恰好拿到段位證書。

投筆從戎，來到軍中，果然是一時俊彥齊聚一堂，個個說英雄道好漢。我呢？當時輕狂銳氣，哪懂韜光養晦？問卷調查表的專長與興趣欄上，大剌剌的填上相同的兩個字：武術！新兵訓練完畢，分派至部隊，我是跆拳教官。

要說物以類聚還是惺惺相惜？我以武會友，會來了一群肝膽相照的武術朋友，出身來歷則是白鶴、金鷹、形意、太極、八卦等名門正派。他們對我教授的跆拳道嗤之以鼻，卻認同我根基甚淺的七星螳螂。

繞了一圈，恍然明白，自騎馬射箭到飛機大砲，中國武術歷經時代丕變，卻仍一貫以幽微姿態，綿延傳承！每天晚點名後，大夥兒相約練武的那段時間，小叔公黑色唐衫的身影，常在心頭縈迴不去。

〈兒女英雄〉之四

「胸中小不平，可以酒消之，世間大不平，非劍不能消。」

「劍不可不學，能去書生之怯懦。」

「琴醫心、劍醫膽，學琴習武，能得琴心劍膽。」

我還記得這些句子，貼在軍中床鋪角落，是我那群武林袍澤的座右銘。做到了嗎？練武之人或者挾祕自珍，但絕不會自吹自擂，劍膽琴心沒人敢說有！前兩項呢？我和他們去過幾次營房邊的彈子房，以拳腳相勸過幾次調戲撞球小姐的小混混後知道，他們的大不平，就是英雄當護花！而跟不良少年打群架，他們確實勇氣十足，不怯不懼。

儒以文飾非、俠以武犯禁，是我後來戒掉史諾克的原因。再說，跟那些沒練過拳術的小流氓過招，不成對手！恃強凌弱，英雄不為也。

軍服一穿，天不怕地不怕的日子很快過去，然後娶妻生子。兒子慢慢長大，最愛的電玩是快打旋風，最迷黃飛鴻系列影片。才小學三年級，就跟老爸我爭搶「史蒂芬席格」當偶像！好不容易才勸得他改成「洛基」。有一次到百貨公司挑選生日禮物，他竟然堅持買下那組大紅拳擊手套！孩子的媽說：「都是你啦！天天踢沙袋劈磚頭，小正淳哪裡像淳淳君子了？」

是沒有，但又何妨？

晚餐過後，我盤膝端坐沙發，孩子戴起拳套出手攻擊，左攔右擋我練眼力反應，孩子練體能速度，所謂親子運動，正好兩者兼具。這樣的活動持續多年，差哥哥七歲的女兒衣柔也加入了，她只當裁判，柔柔軟軟的要求不可以真打，打痛了要扣分！她上小學，哥哥已是國中生，練過兩年跆拳道。有段時間她馬步站得四平八穩，正拳、前踢，有模有樣，原來是偷偷的向哥哥學功夫。

我才誇她女中豪傑，和哥哥一樣都是爸爸心愛的兒女英雄，隔沒幾天她不練了！因為哥哥不准她休息，要她在陽台蹲馬步都蹲很久，她的腿一直發抖，流很多汗！而哥哥自己在客廳看電視吃冰淇淋！

「媽媽幫我買的巧克力雪糕，也吃光了！」說罷放聲大哭。

竟敢打師父的小報告！兒子在衣柔書桌上留紙條，言簡意賅四個大字—逐出師門！兄妹師徒反目成仇好一陣子。

重提舊事，小兒女早已忘懷，後來，衣柔決定下課後去練跆拳，她四年級了，可以參加學校的跆拳班。而且她有點胖！跆拳班的海報說可以瘦身減肥，這次孩子的媽不再反對，我也沒意見。武術強身，我很知道，練拳瘦身？倒是第一次聽聞。

至於兒子，一上國中即進入國術館，直到高中了，少林洪拳仍是他紓解課業壓力的不二法門，我把我書房那幅「劍膽琴心，俠骨柔腸」的字軸送給他。他的虎鶴雙形練得極好，只是身高直上一八〇，鶴的輕靈有餘，虎的威猛略嫌不足。

沒關係，也還不急，我正等著他大學甄試後的暑假，把我那套大翻車拳傾囊相授，並且告訴他：「小叔公師祖仙逝已久，但你還有一個胖師叔，說不定就是師祖的關門弟子。哪天咱們去找他，把七星螳螂的不傳之祕全挖過來。」

後記：衣柔身高一七二，高中時，還是女子搏擊隊副隊長，如今上大學，漸脫丫頭野氣，很久沒看她練武了。

正淳也是上醫學院後停的吧？

只我還未放棄，不是不服老，我拿練武當運動，當養生操罷了。

輯 二

夢魂山水遊記

夢魂山水

0

有一個小小的海島，自兩億五千萬年前開始孕育，它的胚胎著床在亞洲大陸東方溫暖大洋深處，七千萬年前，大陸板塊和海洋板塊開始碰撞，小島在沸騰的大海中，第一次以岩石的面貌誕生。

島自火中初生，隨即接受冰的淬煉！冰河融化使海平面陡地上升，海島沒入水中達六千萬年之久。這段沉潛入母海的嬰兒期，潮浪水流梳理出海島古樸蒼勁的容顏，一直到四百萬年前，菲律賓板塊自東南方向斜斜擠撞過來，海島基盤急劇隆起，地殼抬升，岩層褶皺斷裂，那推擠的力量如此鉅大，整座島嶼遂以一座山的姿態浮出海面，直逼雲天。

這一做方圓三萬六千平方公里的海上仙山，當真是群峰競秀，海拔超過三千公尺的峰頭，竟達二百三十一座，所謂千巒萬壑，巖崖壁立天驚，谷間清溪果然交錯切割，一百五十一條的水道，毫無例外的自山間奔流，海島因而處處可見山高水遠各深澗長的絕佳景緻。

除去山水，垂直近四千公尺的高度所呈現出來高山島嶼的生命特質，讓海島風景賞析更添縱深曲折，原屬亞熱帶短距離緯度的海島，涵括寒溫熱氣候，動植物生態亦因此面貌殊異，原本高緯度寒帶才有的櫻花鉤吻鮭，即是島嶼傳奇的最佳例證。

說到旅遊，在這天涯若比鄰的科技世代，若想尋幽攬勝，足跡真可落定世界任何角落。不過，我這人有點懶，不喜間關萬里去飄泊，有點痴，認識這個島愈深，愈是愛得無法自拔！我總是自己抽個空，舒服的坐上我的跑車，在山海之間隨意奔馳或停留，一次次深情相看，這座被葡萄牙水手船長，齊呼「福爾摩沙」的美麗之島。

1 海口——夢之灣

遍走海島，只一條漂亮公路，最是讓我夢魂牽縈過。

我想說這條路，以文字帶領你去認識這條既不塞車又好停車，賞心悅目的景觀公路。其實，只要離開擁擠的高速公路，闖出大高雄地區，車過東港枋寮之後，都會行車的鬱窒心情就會逐漸好轉，踏青去了不是？陽光豔麗多嬌，里龍山脊正在眼前翠亮亮的婉約起伏。一出枋寮，整片蔚藍大海馬上搶走右眼視線！海島西岸的平緩沙灘，至此開始轉換為巖石礁岸，每突出一個岬角，即圈出一個海灣，一個海灣就聚集一個世代捕魚為業的部落，枋山、楓港、海口……忙著哪！一路下來，碧海藍天，舟楫帆影，只兩隻眼睛可捕捉不完。但也別急，請掌穩方向盤，繼續讓跑車和旅遊心情一起輕暢奔馳，這條濱海公路雖說風景不錯，我想帶你去的那條路卻更勝一籌不止。

如果你真的不急，時間也可任意支配的話，那麼，海口這個小漁港外，有個值得繞上一圈，稍作停留的好地方。金沙崙，沒錯，循著金沙崙的指標右轉，不用兩公里即可抵達海口沙漠。

海口的沙漠，只算是沙堤。落山風挾帶細沙，吹襲到此地海灣防風林，風穿枝過葉而去，留下黃澄澄的沙子，形成一道高十公尺，寬一公里左右的沙堤，說不上巨大，倒是身高不足兩公尺的小人兒爬上這沙堤，也大有置身黃沙大漠的震撼了。

海島多的是山水勝景，觸目所及盡是青蔥蒼鬱的顏色，難得身處沙堤之顛，眼底荒漠自會生出幾分蒼茫淒美！甚至你可以躺下來，閉目傾聽浪濤輕吟，想像那聲音細碎如駝鈴，在這兒准許浪漫式的胡思亂想，因為海口沙漠另有一個名字叫——夢之灣。

沙堤內側有木麻黃防風林，選處綠蔭野餐，剛剛在沙堤頂端躺久了，因飢渴產生的幻覺即可消除，若你偏愛海市蜃樓，翻過沙堤外側，夢想馬上成真：海邊延伸出大片淺珊瑚礁區，許多弄潮兒正踏浪而來。

也許你不夠浪漫，很實際，那麼你當然也不同意海口人為沙堤取名金沙崙，小山似的一堆金沙擺在海邊，不叫人發瘋才怪！也或許，你和我一樣在沙漠中生活過，知道真正的沙漠是綿延千里人獸無跡的絕域，鋪天蓋地的黃沙中只有毒蠍豎著尾鈎相抗焚風熱浪！

除卻巫山不是雲，回頭可也，如此沙漠尚不足以吸引咱這種楚襄王。循屏鵝公路繼續南下，前頭就是車城。

2 柴城——福安宮

來到車城，已算進入恆春半島。

要不要介紹恆春半島呢？縱橫不過四百平方公里的半島，形似鯨尾，浮泳於台灣海峽、巴士海峽和太平洋之間，北緯二十一到二十三度，恰是亞熱帶和熱帶交會點，既跨三面海域，又處兩型氣候的半島，自然呈現極其獨特的地理景觀，我瞧你自己翻資料吧，半島之美之奇遠近馳名，用不著我饒舌。

倒是車城我熟得很！因緣際會，我曾在車城毗鄰的牡丹鄉山區構築牡丹水庫達三年之久，對車城和牡丹的瞭解，總比純旅遊的要深刻些。

請准許我這文字導遊，稍作賣弄。

車城，最初叫龜壁灣，是一塊海龜產卵的沙質莽地，三百年前，鄭成功趕走荷蘭人，分兵全島各地駐守，龜臂灣才有人跡。等到中原陷落滿清版圖，大明士兵棄了槍矛，就在此地屯墾定居，狼煙既遠，安度餘生，確實稱得上幸福平安，當中有些老兵識得幾籮筐的西瓜大字，嫌龜壁灣不夠文雅，改名福安城。

誰知福安城卻有了禍事！附近排灣族山胞出草掠奪，目標皆鎖定這個外來的小村落，這段平埔墾荒難免和原住民爭地的戰爭，老兵曾豎柴木為牆，稱為柴城，曾以牛車布陣，擊潰來犯山胞大軍，又叫牛車城。

這也算歷史，小規模的。你可能也有這樣的感嘆：中華民族原本就是個愛換名字的民族，魏晉漢唐，宋元明清，改朝換代幾千年，就是幾千年戰禍綿延！在車城，如此歷史悲情恰可得到小小印證。

不影響旅遊心情吧？我想不會，地理人文變遷遞嬗，歷史於焉產生，深度旅遊必須涵括欣賞該地歲月點染的顏彩，是不？

行經車城，只有公路兩旁散落幾家山海產小吃店，未見留下任何文字器物證明歷史曾經存在！倒是村內有座大廟號「福安宮」，直可追溯福安城時期。廟貌莊嚴巍峨，供奉的主神卻是小小土地公！旅店以五星級最是豪華，細數台灣千萬土地祠，唯福安宮稱得上五星級，聽說靈威顯赫兼有求必應，收費只一般，金箔錫紙一份一百元。有空嗎？沒空朝拜一番也無所謂，宗教自由不是？

車城左側岔路，路標明確指示，四重溪、石門古戰場、牡丹、旭海，此條路線直接橫貫半島山區，旭海已屬東岸臨太平洋的濱海小村。四重溪亦是與世隔絕的溫泉村，水質極佳，「溫泉水滑洗凝脂」，不單指華清池，四重溪的溫泉叫來貴妃出浴，也不唐突！石門古戰場有牡丹社抗日事件的碑石立於峰頂，石門又稱劍門，雙峰奇石削立，隘口古榕披垂，果有刀兵兇險之氣！石門村口有入山管制哨，沒預先辦妥入山證，守哨的警員未必肯通融，路最遠處就是純美靜雅的日出之灣——旭海！我打包票，若肯專程一訪，保證不虛此行！

該出城了，我這文字導遊在這兒賣弄久了點，對不起，很快，城外兩公里往右拐個彎，我那魂裡夢中牽牽纏纏的漂亮公路，馬上就到。

3 龜山——石珠休閒區

心情好，我會從牡丹驅車跑一趟這條恆春海岸公路，看山看海，看落日晚霞，星光漁火；心情不好，我也跑這條路，聽鳥聽蟬，聽松風低語，岩浪交談。我說過我在牡丹水庫待過三年，三年來這條景觀公路，踏過百數十回，相看兩不厭的原因之一是不管晴雨星月，婉媚多變的山水容顏，總會扣動我心弦，之二當然是我深情重義的個性。

情感發言且收起，我還沒忘記文字導遊的責任！請慢慢跟著文字，一站站逛過去。

整條海岸公路已畫為墾丁國家公園範疇，由新街經後灣出馬鞍山，全程二十五公里，這二十五公里內沒有任何紙屑垃圾（夠你幸福的嘆口氣了吧？）山、海、巖、浪，一路明亮潔淨的撞擊入眼，如果有一點點落山風，剛好吹散南台灣稍嫌熱情的陽光，那就更棒了！咱可以在景觀公路的第一站下車——龜山。

龜山以形似龜背而得名，海拔才七十二公尺，走上山頂可以氣不喘汗不流。這座自海底爬上來的珊瑚礁龜，背上長滿了瓊麻，揮舞芒刀葉劍，搏鬥過一季又一季落山風的堅強的瓊麻，卻偏偏盡情伸展出柔軟的，迎風款乃的瓊麻花。近些觀察，那花謝蒂枯處，生有一棵棵小瓊麻，葉張似傘，正欲乘風飛去。小瓊麻不管飛出多遠，飛到任何貧脊絕險的環境，總能落地生根開疆拓土！你懂了，這可不是恆春半島處處瓊麻的原因？

近賞可知熱帶植物卓絕堅定的生命力，遠觀，則峰頂雖不高，視野卻是深遠寬廣，屏鵝公路海灣岬角浮盪在浪花激動的水霧裡，就是好大一幅橫卷山水丹青。

我常常在黃昏時立足峰頂，直到深夜，感受「星垂平野闊，月湧大江流」這句詩語裡的磅礴氣勢！偶爾有點憂鬱，有點溫柔的黃昏，我會選擇海岸公路的第二站，後灣。

後灣像未經胭脂點染的村姑，清純淨美。龜山如屏，擋住小村免受落山風直接吹襲，海灣外側天然生成的暗礁岩帶阻絕巨浪，港內清波微漾，沙灘屬貝殼砂，潔淨晶亮。欣賞後灣的靜雅，必須走上防波堤，藍天碧海青山白砂，色彩落落分明！如果心情正處陰鬱風潮時期，人間世事看在眼底真是了無生趣，萬念俱灰！到這兒來換換顏色吧！坐一會兒看一會兒，離開後灣時，即使是夾雜在硓砧石舊屋間的幾片大紅屋頂，也不再似來時初見的煩人膩人了。

需要更多時間調整心情？也無妨！後灣小村有幾家面海民宿，晚上十點過後，小村裡雜貨店熄了燈，你可以擁有一大片星空和整個月光海岸，走走沙灘，流流眼淚，笑幾聲叫幾聲都行，沒人說你瘋顛痴傻。

想通看透，再回到民宿屋裡，闔眼傾聽一夜濤聲溫柔，如何？

咱是踏青來著，也許不該無端端提那傷心事，只我這導遊不僅要你山水過眼，連你心情底色也想轉換罷了！繼續走，出後灣到萬里桐這段公路平直坦蕩，但車速鎖定四十就好，開車窗，開冷氣，再好的音樂都別聽，近十公里山海路途，管叫世間聲色，全數拋開。

幾公里後，左前方開始出現一抹平頂山崖，那是紅柴坑台地崖，自海平面陡峭拔起，你可以想像那是巨人夸父垂釣落日時的坐椅！和傳說吻不吻合沒關係，那麼高那麼平的海邊石椅，當然只有夸父這等身材才坐得。右手邊珊瑚礁海岸和貝殼砂灘交錯，潮間帶水域和暗礁更讓海水分出多層次的藍，如此曠莽柔情兼具的山海景觀，福爾摩沙海岸公路多條，就只這兒有了。

萬里桐還沒到，你的眼光會被一顆巨大的圓石吸引，那就是石珠！幸好底座是堅固粗糙的珊瑚礁，要不早滾回海裡去了。圓珠上長滿石榕雀榕和礁岩植物，落山風每年來梳理一次，而且梳理得齊齊整整——你還要想像嗎？夸父耳墜上鑲著的小珠子如何？按大小比例而言，正確！誰管它夸父耳朵上掛的是不是黃蛇。

石珠旁闢有露營休閒區和停車觀景平台，洗把臉上個廁所，國家公園內的公廁，每間都乾淨得很！淡水引自山泉，冷冽清澈，莫說洗手，泡茶都行。

休息夠了，下一站咱到萬里桐那小村裡走走。

4 萬里桐——馬鞍山

唐山客渡海墾荒，有兩三艘竹筏被颱風颳離船隊，在那怒海惡夜中，有人看見巨蟹舉螯，踩踏洪波而來，而狂風巨浪正無情的將人船送往這隻惡獸闊嘴中！天明風止，劫後餘生，才發現船已擱淺在山坳處小海灣，那暗夜巨螯原來是斜伸入海的兩端峽角。

這故事是萬里桐一個老人說的，我原本與他閒話小村人事，說著說著他沉入記憶深處。「船隊在恆春靠岸，失散的幾艘船只好在『蟳管嘴』這款小所在生活。」老人家感慨的說。我說小漁港明明叫萬里桐，他堅持是蟳管嘴，這三個字他唸起來一點也不拗口。我才不跟他辯。

走入村內，硓砧石砌的房舍和珊瑚貝殼修飾的擋風石牆，歲月蔓生青苔後果然透著斑駁古意。村外珊瑚礁群裸出水面，圈住大片潮間帶，許多軟體棘足的海中生物在銳利的珊瑚縫隙裡活動，這些潮間生物大都顯得猙獰可怖，我運氣好，曾經看過海牛那艷麗妖媚的泳姿，如果你一直看到蝦蟹海星海膽那醜樣子，可別罵人。

從萬里桐出來，經山海到紅柴坑，此段景觀，愈見粗獷。紅柴坑小村躲在台地崖底下，倚山面海，一個好小好小的海灣裡泊幾艘機動浮筏，這也能生活嗎？有遁世心態的會點頭，這兒隱祕，豈不是最佳避秦桃花源？

村外岔路，往左直上崖頂，可觀賞恆春八景之一的「關山夕照」，不上崖頂，直行可經龍鑾潭，是為半島最佳賞鳥據點，這兩處地方都能逗留半日以上，我們痴心執意只走海岸公路，下一站即是鼎鼎大名的白沙灣。

往白沙灣途中，滿山遍野枯萎的銀合歡，焦黃顏色令人想起死寂的非洲莽林。還好公路兩旁松柏行道樹，依舊青蔥可喜，像生機，間或幾株野生紅燈花，開得烈烈灼灼，那就是南台灣的熱情生命了。

朝海邊看！一抹純白伸展在黝黑的礁岸間，那是白沙灣，海流浪潮百萬年來不停的將貝殼磨成細粉，冲積上岸，才有這麼一段五百公尺左右的貝殼砂岸，咱下去捧一把沙子瞧瞧，一粒是一片貝殼，一片貝殼映著一線陽光，晶瑩剔透有之，彩光絢燦有之，只要反射的角度對，則迷心竅的人大可當作捧它一把美玉寶鑽。

白沙灣東側以台地崖為屏障，即使來自東北方向的落山風多麼強勁暴烈，海灣仍舊平波靜浪，因而此處全年皆可戲水弄潮，比起有「金沙白浪」美譽的南灣，毫不遜色。

好了，一過白沙灣，續行上水泉，左轉大光出馬鞍山，海岸公路之旅即告結束。有點餓有點累，大光和上水泉之間有後壁湖漁港，近海漁船下午入港，上岸的旗魚鮪魚，商家當場製作生魚片，可買兩盒嚐鮮，不愛生食的，小吃店也隨時有鮮魚熱湯供應。

體力精神都還好？上水泉村外亦可右轉下水泉，到恆春半島西南尾鰭的貓鼻頭戲水攀岩，「貓巖峙海」列名八景之一，崩崖海蝕地形大有可觀，不過，我最愛的海岸公路已介紹完畢，不陪你了。

路分兩頭，不必相送！待會兒我自個往回走，說不準會在路上哪個地點停留，也說不準停留多久！總是「最愛」嘛，怎麼個廝磨法，你就甭操心了。

風情山鄉

0

破曉時分。

循著蜿蜒山徑爬昇，千迴百折，直到盡頭，左鎮、龍崎、內門三個鄉鎮交會點，就在蜈蚣嶺斷崖之下。

薄霧晨曦，同是冷冷的蒼黑色調，雲氣地氣山氣，氤氳渲染，南瀛邊緣這處山鄉，恰似一幅淡黑橫卷。

有風，微帶寒意，太陽尚未攀上南橫大關山那一線險峻山稜，這裡仍屬月之世界，一輪圓月，正淡淡映照草山泥石的荒涼心情。

1 草山月世界

斜月將殘，曉星欲沉，我在三〇八高地獨倚危欄，靜待濛濛天光喚醒沉睡山水。從關廟南二高工地宿舍，摸黑起床，到施工所停車場開車，經龍崎，往龍船窩方向，一路行來，惺忪睡眼已睜得亮若寒星！夜黑風高，林深崖險，這一段山路果然曲折難行。幸好，追隨工程腳步，慣走荒莽野地的我這飄泊男兒，早磨出來幾分膽色豪氣，來到三〇八高地，夜霧輕籠夢紗，整個草山月世界，仍猶睡得眉眼矇矓。

「暗夜訪山問水？」工作夥伴知道了，大概會這麼說我：「全工地，大概只有你會做這種事！」

以新鮮山水妝點流浪的心靈，並且以文字記錄，這樣的癮，同事大都已知曉。三〇八高地，這個軍事據高點的山頭換了「草山月世界」的響亮名稱，訊息也是同事們提供的，他們選擇一種很有味道的比喻這麼說：「有一個地方，撒一泡尿可以淹沒三個鄉鎮，你最該去看看。」

我當然去！下班後趁著夕陽未落，來到草山。高雄縣田寮鄉有個月世界，荒漠不毛的景觀名聞遐邇，而台南縣左鎮鄉的這個新的月世界，視野更是寬闊！只是產業道路尚未拓寬，欲待一窺草山月世界的絕世姿容，真個是道阻且長，在天一方！

龍崎往內門的縣道左轉，循著蜈蚣嶺背脊稜線攀登，直達高地。這高地彷彿巨大蜈蚣昂起的頭部！山的走勢到此已是凌雲之姿，左鎮、玉井、關廟、龍崎各鄉鎮，盡在腳底，和田寮月世界同屬泥火山地質的風景，更讓寧靜山鄉透出一股孤寂！

遠眺東方，視線阻絕於南關大山，往西邊看，夕陽正落向府城一線黃金海岸！我一直等到天上群星閃爍，人間煙火燦爛，才捺住心中萬般不捨，離開草山月世界。

緣於不捨，也緣於那一幅淡墨山水震撼我心！連著好多天，我把同事一個個帶過來，欣賞他們眉梢嘴角的驚嘆號！甚至不辭辛苦，返鄉攜兒帶女到此一遊。可是，終於我知道，風景暗合人性，所謂仁者樂山、智者樂水，草山一抹蒼茫，如此吸引我，應是和我這飄泊男兒走過千山萬水後的心情底色相近吧！

也或許，我總是在黃昏時來到此地，夕陽雖好，「人言落日是天涯，望盡天涯不見家」的感觸，卻讓我眼前風景塗抹悲情顏彩！如果換個時間，換過心情面目，草山會不會也呈現不同容顏與我嫵媚相見？

我給自己開了一張支票：不看淒涼落日，且選一個清喜晨光，舊地重遊。獨自憑欄，深呼吸！第一個感覺是空氣，潮濕冰冷純淨，可以想像這是剔透流漾的另類山泉，讓我盡情梳洗肺葉。然後是視覺的饗宴，晨曦在南關大山的背後打閃光燈，把山的輪廓投影在天幕，而一抹抹朝雲將山的深淺層次，繪畫分明，那晨曦彷彿可以微調它的亮度，一寸寸，一尺尺，慢慢照亮一座又一座山頭，直到眼前群巒開展，綿延千里。

但覺胸中丘壑，隨著視野寬闊開來。

草山月世界，晨昏皆宜，唯晨光應比夕照佳！回工地的路上，我如是想。

2 千佛山下旺萊公園

公司承標南二高關廟段工程，已接近完工階段，高填土的國道，橫跨溪流農路，在蔗園竹林和鳳梨果嶺間，恍若巨龍般穿越而過，東西向快速道路同時破土動工，預計將可帶動城鄉發展，兩年多來，我天天在這巨龍背上奔波，身邊山鄉景緻，卻是看過千遍不厭倦。

山勢起伏，風景即顯縱深，穿梭山徑間每有柳暗花明的驚奇。但我不只看風景，農家子弟出身，我看土地也看人，感動於純樸山民對土地農事的敬重，他們的笑容和我記憶中鄉間父老一樣憨厚，是我最親切的另種風景。

曾在尚未完工的二高公路上，停車駐足，俯看斜坡上的鳳梨園。初生的小鳳梨像一朵朵水紅色的花朵，錯落綻放在大片綠灰光影中。然後我看到施肥的老農，在芒刀葉劍艱難的工作，一棵給一把肥料，彎腰撥開尖利的葉片，低頭，向前一步，再彎腰低頭！臉上的汗珠閃閃發亮。

要多少老農？持續多少年這樣虔誠的、朝聖般的姿態，才讓「關廟鳳梨」慢慢贏得口碑！

千佛山下大潭埤畔，新建一座旺萊公園，入口處擺置一顆巨大的石雕鳳梨，公園內，飄揚的旗幟尚未拆除，鄉土農業文化季的活動才結束。從此關廟鳳梨將和玉井芒果、官田菱角、白河蓮花齊名，或為南瀛代表性農產品之一。

千佛山頂豎立一座不妝不扮的大佛雕像，正慈悲含笑俯觀芸芸眾生，大佛座下琉璃瓦簷層層疊疊，那是菩提寺，山寺牌樓上書「不二門」白雲禪師偈示：菩提大道，從這裡開始。

這是另一處必須虔誠朝聖的地方！但我並未走入菩提大道。來到山寺，我寧願選擇在大潭埤畔靜心閒坐，享受逗弄水面漣漪的徐徐清風。像農忙之後，歇息休憩的鄉村父兄。佛經千卷，終不若落實生活，尋常飲水，禪已在其中！在竹林果嶺中消磨一生的關廟子民，在我的眼底，這般無爭無求的生命態度，才是真正的生活禪。

3 關廟山西宮

初識關廟，我其實由山西宮開始。

結束恆春半島的牡丹水庫工程後，來到嘉南平原邊緣的這處山鄉，所謂入境問俗，我先買了台南縣地圖，關廟地區旅遊點只寫山西宮三字！第一天上班，我就蹓到大廟廣場，仔細端詳重簷飛脊、飛鳳騰龍的這座巍峨廟宇。

自明末鄭成功驅逐荷蘭殖民，以海上孤島做為反清復明的基地開始，逃躲異族統治的唐山子民，隨之移墾台灣！關廟、歸仁、龍崎等平埔淺丘交界處，正是屯墾的最佳場所。山坡伐木築屋，平埔引水植種，而離鄉背井的人，唯一能夠安慰鄉思之苦的，就是故鄉廟宇分靈而來的關夫子神像。

在那鴻濛初開的拓荒前期，神像暫以草蘆安身，等到胼手胝足的居民，以汗水換來溫飽之後，終能修繕神宮，歲月遞嬗，雕欄畫棟和琉璃飛簷漸次竣工，而堂前結市，村民往來不絕，香火日益鼎盛。

關帝神廟的演變，同時記錄了關廟歷史的衰敗繁華。日帝殖民統治時期，為防範鄉民以神廟結社，曾極力打壓神廟建設，逼得關夫子四處躲藏的血淚史蹟，如今，只留下立廟碑石上文字鏤刻銘記！

整個關廟市集，就是以山西宮為柄，成扇狀放射。佇立廟前廣場片刻，時光緩緩牽引我進入歷史絲路。在那個以天心神意為依歸的世代，散落於平原或丘陵墾荒的子民，每逢神廟祭典，齊聚宮前互道無恙的情景，我能夠想像。但覺歲月蒼黃班駁，心涼無比！

流浪輕塵落定關廟，山西宮前廣場早來去許多回，飄泊的人，慣把他鄉作故鄉，因而神廟供奉的關公、關平、周倉等英雄神祇我已認識！他們的聖誕祀典，每每掀起幾日幾夜的喧嘩熱鬧，我也會躬逢其盛。看歌仔戲，看布袋戲，看浩浩蕩蕩巡狩護佑鄉里的香陣，並且瞭解三百年前，強渡黑水溝的唐山子民，一縷遙遠馨香，傳承至今，必將綿延不絕。

我更喜歡在大廟廣場空曠冷落的時刻，來到山西宮。牌樓陰影下，廟側亭樓裡，聚集了許多老人，我對老人特別有好感，也感覺自己特別有老人緣，更何況我居心叵測，隨手攜帶初稿筆記一本，遞一支煙，閒閒一句吃飽未？就可以循著老人斷斷續續的言語，執筆記錄他一生滄桑或圓滿充足的故事。

廟前車聲喧嘩，廟後漫天紅霞，眼前一張張歲月雕琢、年輪深烙的臉龐，襯著神廟背景，就如一幅古畫，我細細臨摹畫中構圖線條，讚賞或惋嘆和我交談的這位關廟耆老，起起伏伏的生命軌跡。

「真晚啦！有閒擱來開講。」老人扶著石桌，直起腰來，給我一個微笑。

山西宮前，霓虹初起，關廟夜市正招攬川流人潮，老人微躬的背影融入大片璀璨燈河中。我也微笑著，感覺自己能夠如此貼近山鄉迷人的風情，應是我飄泊生命中的大歡喜。

弔古幽情

0

地理人文變遷遞嬗，歷史於焉產生。為歷史作見證的就是文字器物，這文字器物因歲月點染而呈現斑駁古意，給予騷人墨客荊棘銅駝的弔古幽情。

弔古？正確的說法應是翻舊賬！歷史陳述過去，騷人墨客多情易感，揭起時光遮掩的瘡疤後，難免聲聲喊痛。

我從不敢承認我是騷人墨客！這個時代，一個專職的騷人墨客必須有捱餓的本事，而且很容易被歸納為珍禽異獸，到處引人側目！所以，我是黑手，有點髒有點累和有一份可以養家活口的薪水的平凡黑手。

追著職業腳步，跑來台南的關廟工地，一聽說「府城多古蹟」，我還是忍不住放下許多待修的機械，溜到各個古蹟地點——翻著舊賬喊痛！

1 赤崁樓

我先找著了赤崁樓。

憑弔府城，不走赤崁樓，如入寶山而空回！府城之所謂府城，即因赤崁樓舊名承天府。延平郡王鄭成功驅逐竊據海島的荷蘭人，奉寧靖王朱術桂為大明正統，矢志反清，將赤崁一帶稱為東都明京，鄭成功暫時居住於承天府，力圖復明大業。只可惜滿清勢盛，孤臣無力回天，一年後，延平郡王含恨而歿！

買了門票，我在這處內政部公告的台閩地區第一級古蹟內隨意走動，走過海神廟、文昌閣，和陳列日據以來蒐藏文物的歷史館，山水庭景中，御碑九通那巨大石龜馱著碑文的造型，最是拙樸厚重。甚至我還特地跑往圍牆外去瞧一眼篷壺書院的門廳、雲路、鵬程、立雪、窺霄，門楣上鏤雕的文字，我一一指認，彷彿能夠領略，舊日學子的胸襟懷抱。

繞了一圈，我回來古榕下歇腳。樹底下聚集了不少老人，樓影樹蔭，正可遮擋午後豔陽，而一道高牆，阻隔了民族路上人車喧嘩，牆裡牆外，動靜分明。

老人們談笑坐臥，閒適自在，猜得出來是赤崁附近居民，早慣看遊人如織穿梭往來。也或許，府城的古往今來，都已留存在這些老人記憶中，雖然他們在這片靜冷天地裡沉默的時候多，我瞧了瞧，仍覺得有幾分白頭宮女的況味。

白頭宮女話天寶遺事，說的都是當年盛世繁華，府城遺老瞑目無聲，是不是因為翻動記憶扉頁，唏噓長嘆將不知止息？

剛才我在迴廊欄影裡觀看史蹟陳列，有同樣的惋嘆。

台灣這塊土地，被以殖民政策縱橫七海的西歐強國讚過一聲「福爾摩沙」後，首先，荷蘭於十七世紀初進佔一鯤鯓，建立軍事據點熱蘭遮城，堅船利砲扼住台江內海。而後向原赤崁居民強購土地，建街築壘，驅漢人前往居住，然而苛稅虐人的事件衝突層出不窮，引發漢人郭懷一領導的抗荷紛爭。抗爭平息後，荷人為防止事件重演，就在赤崁擴充舊砦，建一堡壘名普羅民遮城，聳峙台江之畔，與熱蘭遮城互為犄角，捍衛他們能夠肆無忌憚的殖民搜括！

三百年前的赤崁樓，荷蘭人叫它普羅民遮城，被殖民者口耳相傳的卻是番仔樓或紅毛樓！直到三十七年後，鄭成功自鹿耳門水道登陸，收赤崁樓，同年年底再取熱蘭遮城，荷人乞降歸國，那屈辱的感覺才稍稍平復。

大明氣數，在台島只維持二十二年，即被納入清朝版圖，海外孤島，清朝天威鞭長莫及，先後出現朱一貴和林爽文的反清事件，留下一段頹圮的赤崁歲月和歌誦「平亂」功德的馱碑石龜。

府城人的悲情，其實也涵括了海島斯土斯民的命運！滿清末年，一紙條約招來日帝五十年的殖民統治，一直到二次大戰後，廢止不平等條約，日本歸還台灣，明清逐鹿中原的歷史再度重演，海島又一次成為對抗中原政權的一艘艨艟巨艦！

悲情的府城，悲情的台灣，究竟什麼時候才能脫離悲情命運？也許，民選總統就職的一刻，台灣的歷史，終能軒眉記下一筆——做自己的主人。

仰頭觀看古榕，枝葉鬚根蓊鬱茂盛，這些痴長的神木巨樹，可能伴著歲月走過百年千年，見證一大段歷史，人若蜉蝣，數十載生命恰似歷史長河中一顆微不足道的泡沫，我這泅泳著的蜉蝣的一聲長吁，連古榕披垂的鬚髮，也沒吹動分毫！

2 運河與古堡

小小的打個盹，精神大好。我攤開地圖尋找市區運河，再循著運河北岸，朝訪第二個一級古蹟：安平古堡。

摩托車奔馳在運河邊的公路上，除了汽機車廢氣和刺眼的都會浮塵外，鼻端老是盤旋一股濃冽酸鼻的運河氣味！我原本喜歡摩托車機動靈巧，獨自出遊時寧願叫自己的跑車閒著！然而這運河的氣味確實不佳，讓我有點後悔幹嘛不開車出來。那味道像體臭，大都市的體味！台灣的每一條河流、運河，只要流經工廠住家，就一定被污水垃圾，蹂躪得面目全非，真個是無一倖免！

這條運河完成於民國十五年，取代舊運河的航運，而開鑿舊運河，則是因為台江內海淤塞嚴重！早期的台江內海西有七鯤鯓、北線尾、海翁仙等沙洲羅列，阻絕海峽巨浪洶湧，微波盪漾的台江內海，海岸水線就在赤崁樓的城牆下。

清道光年間一場大風雨，令曾文溪改道出海，台江從此自地圖上消失。安平，這個舊名一鯤鯓的沙洲和台島連接成陸，地理變遷，影響人文發展，整個台江內海僅剩西北邊的四草湖和我眼前這條運河。運河，哎！這條運河兩岸高樓聳峙，繁華熱鬧一直延伸到安平新港，莫說不見舟楫往來，恐怕連大小魚兒也早被污染過度的河水嗆得悶得一隻不剩！

腦子裡一邊整理記憶中的運河資料，一邊為台灣人民環保觀念之不足而喊痛。機車速度不減，等到鼻端味道轉換成大海鹹腥氣息，我知道，安平古堡就到了。

路向右行，盡頭處平台突起，一座瞭望塔高出蒼鬱林木甚多，入得門來，逐一瀏覽紀念碑、文物陳列室，再去瞻仰國姓爺銅像和撫觸幾座鏽蝕炮管，不到半小時，ＯＫ！

古堡其實不古，整建重修過！當初以糖水、糯米汁、蜃灰和磚石構築的軍事城堡已然蹤影全無。三百七十年前，荷人建此熱蘭遮城，名為拓展中國貿易的據點，實則屯重兵軍械無數，以為殖民海島之後盾，若不是後來國姓爺自承天府移居安平，甘冒鋒鏑扼守台江，留下孤臣憂國憂民的形象典範，這熱蘭遮城只充分表達了海上霸權國家的殖民野心，毀便毀了，任其頹圮荒煙蔓草，誰有那閒功夫去重修整建？

站在古堡瞭望塔上，西望台灣海峽，懷想當年鄭成功也曾在此遙觀一峽煙波離亂，為那中原塗炭生靈眉頭深鎖，但覺歷史這玩意相當弔詭！

我竟是彷彿聽到，三百餘年前，海島孤臣一聲惋嘆，穿越時空而來，幽幽響在耳畔。

3 寂寞金城

來到府城西區的安平古堡，附近另個一級古蹟：億載金城，當然也得走走。中國文字形容詞的使用，常有誇大的嫌疑。莊子〈消遙遊〉裡頭的鵬魚之巨大，就誇張得離譜，《西遊記》的齊天大聖，觔斗雲一翻十萬八千里，荒謬之處更是令人印象深刻！

我由安平古堡轉往億載金城時，對這個即將見面的一級古蹟，難免先由字面上推敲，並且判定取名的人，善用形容詞。

「億載」對應「萬年」，都想源遠流長，萬年俗了點！然而，使用億載除了不流俗套外，膽量得夠才行。金城兩字，則是到了目的地，才知道是「固若金湯的城堡」的縮寫。我腦筋不轉彎，原本還以為會看到一座鐵鑄的城牆呢！

這座誇口永不毀壞的城堡，以紅磚砌出城堞，高度兩公尺，加上土堤和護城河，高壘深溝，外觀確是雄偉，城門深幽，像個隧道般，顯然城堡厚度足夠，古典長槍火炮之類的攻城利器，果然奈何不得。

通往城門，有一拱橋橫跨護城河，橋頭立碑說明，此城乃是清末海事大臣沈葆楨所築。

當時恰巧發生琉球漁民被牡丹社住民殺害的事件，日本垂涎海島資源已久，因而藉機索賠出兵，欲挑起爭端。滿清朝廷明白日帝狼子野心，也怕波及當時政商重鎮的府城，遂命沈葆禎負責台島防務，購買當時威力最強的紅衣巨炮三門，火槍無數，在安平港南端尖岬築城布置，要叫來犯的敵艦，難越雷池！億載金城正是清末時期加強海防，抵抗列強入侵的重要史蹟之一。

空曠的停車場，只停我一輛摩托車，護城河拱橋前的售票亭裡沒人，我往城門裡走，甬道巨大幽遠，腳步重了些就有回音嗡嗡作響，反正無人聞問，我放肆的高唱「安平追想曲」，感受密閉空間的共鳴效果。走到盡頭，一扇厚重木門封住入口，上面寫者：「整修期間，禁止入內。」

幸好帶了地圖和旅遊指南，無法親眼目睹，看地圖照片，也能安慰自己。我在拱橋橋欄上坐一會兒，喝一罐咖啡，護城河岸遍植木麻黃，河水倒映樹影晴空，兩隻白鷺鷥盪起水紋，比翼飛過牆角，如此這般淡靜清雅，卻是叫人如何推想當初烽火狼煙的景況？

其實，能說什麼固若金湯，億萬年永不頹圮呢？中日甲午之戰，訂下馬關條約，積弱的滿清朝廷拱手將台島送出！三尊巨炮一彈未發，任由敵軍長驅直入！築城人一番豪情壯志，盡付東流。

真是盡付東流水！英雄名將，彪炳功業徒留一堆磚石靜置林蔭中！我只覺得它正無聲的喊著：「寂寞啊，寂寞！」

微笑觀音

0

說起來，我算是一個常往寺廟跑的人。

其實我並不迷信。隨著閱歷歲數增長，天人鬼神在我眼底逐漸面目清楚，擲筊抽籤不用，拈香燒紙不用，我最多只是合掌躬身，替時空交錯的一人一靈，打個招呼罷了。

我不是很贊成民間寺廟之旅的方式：包一部遊覽車，浩浩蕩蕩的趕到各處廟宇，大把大把的香點得煙騰霧漫，一疊又一疊的金箔錫紙熱烈烈的燒，就說廟中諸神有求必應吧，我懷疑他們能否看得清認得明那一窩子趕集似的香客？

再說，仙佛魔、人鬼神，僅是並列此一虛空，其中並無高下之分，好好做「人」，畏神怕鬼求先拜佛，都不必！

跑寺廟，是因為山水漂泊的旅途中，習慣尋寺廟歇腳，也因為寺廟大都有一個寬闊的廟庭，有一段開基源考，我可以從容的停妥車子，仔細瀏覽寺廟的一磚一瓦，沾染歲月青苔多少？從被風霜雨露浸蝕而斑駁的壁畫簷飾中，略窺先民的精神文明，回溯痕印宛然的先民奮鬥史。

台南地區不僅古蹟多，寺廟也多，甚至不少寺廟已被列為古蹟，我追隨著南二高環線工程的腳步，落足台南關廟，不免入境問俗，先朝古寺老廟跑。

1 祀典武廟

從民族路赤崁樓大門口，朝南，我先看到一堵朱紅邊牆。牆頭屋脊綠如波濤起伏，還未走到這座被列為國家第一級古蹟的祀典武廟，一道山牆，已先讓我感受到此廟之雄渾壯美！

廟三面臨街，車流奔忙，路邊的車位停滿了大小轎車，幾個告示牌寫著「禁止停車」，讓廟庭勉強擠出來一個小小空地。商家攤販生意興隆，難免對這空地偷偷蠶食，武廟雖說名位尊榮，不是祭祀慶典的平常日子，這愛民近民、敦親睦鄰的動作，想來還是要做的。

我的寺廟之旅，喜歡找非假日，冷僻性子不慣聽那鑼鼓喧天。走到武廟正門，果然見到古樸造型的石埕石柱前，杳無人煙。三百多年的古廟了，除了正中翹脊和分水牆上雲龍拱日的雕塑，突顯華貴氣象外，光溜溜的兩根廟柱上，不見龍蟠鳳翔，泉州白石的大門石鼓，內面雕梅，外面雕蓮，線條簡單拙重，三川門上木雕紅漆，讓香煙薰出一層黑，讓人一窺湮遠的歲月蹤跡。

必須進了廟門，從初拜殿經廡廊，再到正殿，才能真正發現祀典武廟的精美。楹柱門聯用盡言詞傳述關公豐功偉業，高懸匾額一面面都有來歷可考，卻原來是府城各屆父母官和本地仕紳望族，為奉承武聖所贈。其中一匾題曰：大丈夫！言簡意賅氣勢磅礴！以此三字，關公英靈有知，當發「深得吾心」之嘆。

關羽一生以義勇名揚天下，千里護嫂過關斬將，忠義節烈的性格俱足，的確不愧大丈夫三字。然而，一部《三國志》，深入民心的野史，間接渲染了關羽死後聲名，三教爭相邀請關羽成仙成佛成聖！儒門學子奉為五文昌之一，民間商家以武財神祭祀，鸞門尊為關恩主，領袖眾神開壇闡教，甚至已被捧成現任的「玉皇大帝」，尊稱玄靈高上帝……

人心造境罷了！

文人一筆安天下，武將提刀建太平，文臣武將對國家之存亡負有重責大任，因此，為忠將良相立廟，曉以義行，化育民心，這應是每個朝代的帝王，都肯鼓勵民間祭祀關羽的原因！再往前推溯，殷人尚鬼。拜祀的原是祖先，有慎終追遠的美意，後人擴而大之到天地山川有情萬物皆可祭拜的境界！如果不會勞民傷財，這其實沒什麼不好，關羽生為豪傑，死稱鬼雄，後人敬仰忠義，可！到了廿世紀末，虛誇慣了的人心習氣，將武聖關公推向眾神列仙之首，卻不必！

我在三進神殿裡隨意走動，也讓心情任意徜徉今古，一直到進來了一遊覽車的進香團體，燒香祝禱祈求，吵得薰得我無處容身，我才離開，到一街之隔的馬使爺廳，看一眼也享香火的馬伕和赤兔馬。

我離開了，往下一個預定的目標尋路時，才猛然發現，我好像忘了欣賞三百年前那方拙的神明雕工，也忘了向主人家關雲長先生打招呼了。

2 鷲嶺北極殿

二級古蹟的府城北極殿，按記載所說，乃鄭成功驅走荷蘭人後，因看見護衛台江內海的安平七鯤鯓和鹿耳門北線尾，這些沙洲排列如螣蛇、龜蟠虯之狀，於是在鷲嶺古地建北極殿，供奉真武大帝，以安鎮台島，俗稱小上帝廟。

真武大帝並未阻止清降施琅熄滅大明最後一盞燈火，清帝國卻也忽略了鷲嶺上這座前朝的真武廟。康熙三十七年，總鎮張玉麒在海峽遭狂風巨浪侵襲，驚惶之際，忽見真武披髮跣足自檣桅而降，遂浪平風止！張總鎮以神佑來台，故爾發願重修上帝廟，即如今北極殿之原貌。

我在午後的鬧街上，終於尋著了這座門面冷清的北極殿，把摩托車停放在騎樓下，細讀古蹟告示牌的文字說明：廟始建於一六六一年。三百三十餘年的歲月淘洗，原本以北方癸水的黑色廟顏，已然泛了白！這樣不起眼的木造建築，怎用得上「高屋巨廟，氣勢宏偉」的字句？

真武得道的典故，我熟得很！繞一圈我又回來門口石階坐著，瞪著幽暗內殿裡，高懸在匾額上龍飛鳳舞的「辰居星拱」四字，開始思考。當初鷲嶺之巔立廟，臨浩瀚台江內海，氣勢必定是雄偉沒錯，但眼前北極殿，卻怎麼顯得如此灰頭土臉，然後，一向心思敏捷的我，當然很快的找到了答案。

商店和大殿毗鄰並列，左邊四層樓房，右邊五層樓，兩壁峭立高聳，把廟比矮了！兩邊樓房也都加蓋了頂樓鐵皮屋，種滿了姹紫嫣紅的各式花朵，漂亮的空中花園，也把飛簷廟脊上褪去顏彩的龍鳳麒麟，遮掩得了無生氣！北極玄天大帝，如此這般侷促鬧街一隅，「辰居星拱」四字寫得老大，未免諷刺。

坐在護龍石階半個多小時，總算有一對夫婦帶著兩個小孩前來上香。小孩相當乖巧，和她父母一樣安靜沉默。我半倚著石階，坐得意態闌珊，她們無法確定我藏在太陽眼鏡下的一雙眼睛，究竟是睜著的，還是睡著了。兩個小女孩只敢偷偷的瞧著我，我則是放肆的觀察，看那一對夫婦如何以虔誠恭敬的心，教導女兒正確的祭拜姿勢。

這一家人，或許不了解民間傳說裡，真武「放下屠刀，立地成佛」的神蹟，也未必知曉龜蛇二將原是真武破腹洗淨罪孽時所棄的胃腸所幻化！但我聽到那年輕的母親說：「叫上帝爺公，伊會保佑妳。」

手中三炷馨香，父母和孩子有著相同的肅穆虔敬。午後的陽光，穿過空中花園的花草樹木，斜斜灑落廟庭，在青石板上圈圈點點，我微吁闔眼。

神道思想，綿延馨遠，卻原來是這般，傳承。

3 水尾小媽祖廟

為了尋找開基天后宮，機車在窄巷內繞進繞出，我竟然先看到城隍廟！陰森古榕下，更陰森的一間小廟，令人寒毛豎直的是廟桁橫梁上三個大字：爾來了！

低矮的內殿，范謝兩將軍形容猙惡，牛頭馬面面目詭異，劍童印童文判武判一應俱全！城隍能祈雨、求晴、招福、攘災，並兼管地方冥籍，算是冥府派駐陽間的小官吏，那一句「爾來了」，彷彿帶出幾許冷笑掀唇的惡意，我不喜歡這樣勾魂奪魄的震撼力。

海島多神，神鬼被賦予監督者角色，麻煩的是這些鬼神，都可以被賄賂，改運還願做醮等等，透過金錢鋪排的儀式而消災祈福，利用的正是人性的恐懼吧？

摩托車不熄火，我只大略審視一會兒內殿擺飾格局，然後扭頭就走！奈何橋橫跨陰陽兩岸，我在人間青春尚好，無須接受恫嚇。

我繼續找，認定地圖上的方位，一路穿過低矮窄隘的老街，終於找著了俗稱水仔尾小媽祖廟的開基天后宮。雖說整座廟宇遮掩在新建的高樓陰影下，然而，神仙和鬼吏駐駕之所，氣勢就是不同！珠燈瓔珞，彩繪漆雕，馬上讓我驅逐方才城隍廟沾惹來的陰鬱情緒。

這次我記得合掌躬身了。

開基天后宮始建於明永曆年間，為台島最早的媽祖廟，廟址當時瀕臨台江內海，和南北通衢鬧市的大統街為鄰，香火鼎盛！我剛剛經過的老街，原來就是三百年前府城最熱鬧的街道，歲月遞嬗，如今，哎！比起平常巷弄，猶有不及！

台島和大陸之間，海峽阻隔，風浪洶湧，再加上澎湖海溝的暗潮激流，倍增險巇！在那明清之際的大移民，僅靠片帆輕舵，強渡黑水溝，赴水救難的天妃媽祖，遂成海島子民頂禮膜拜的對象。我的確真心合掌問好，媽祖神蹟繪聲繪影，在怒海中的子民心中有個肯護佑的神祇，面對波濤，必定充溢著信心和勇氣。

因信仰而激發人性深處的善美德行，這樣的信仰，我贊成。

我在前殿駐足，「憨番扛廟角」的逗趣造型，吸引我注目。這憨番非我族類，大概是當時世局恰是讓洋槍洋炮欺負慘了的時候，故意塑個「洋人」來扛廟角，藉以紓解民怨吧！我也繞到後殿，朝「微笑觀音」打招呼。佛像雕刻一向莊嚴，偏這觀音回眸微笑，透著親切感，真不知當初那個雕刻者，哪裡借來的膽子？我在殿裡繞前繞後，守廟的歐巴桑好不容易逮著機會，斟了杯清茶攔住我去路，也微笑著對我說：「你是記者？不是？你拿簿子是抄啥米？要燒香嗎？一份金紙一百。」

我沒讓她失望。放了一百塊在她疊得齊整的金箔錫紙上，請她代勞。走出廟門，那婦人還在後頭遠遠喊來：「先生，您想要求啥？」

古寺老廟，隨意去來，看今古之間人心神意的衰敗繁華罷了！我有何求？

水仙神話

0

一座彩雲掩映的奧林帕斯山。

一道由四季之神把守的古天國入口。

一個以閃電為武器，坐鎮諸神宮殿，至高無上的天神宙斯和他所統領的男女神仙天使。

所謂上梁不正下梁歪，宙斯和他手下諸神，和人間的英雄美人有著數不清的情仇愛恨的牽纏！卻竟然牽扯出來一部波瀾壯闊的希臘神話。

這些包含了傳奇、愛情、冒險、戰爭的故事，或為中古世紀藝術家雕刻繪畫和文學的題材，他們的作品閃爍著奇幻異彩，至今仍令人讚賞吟詠，看來不難傳世而不朽。

我們的神話呢？

我們的神話自盤古開天闢地起，一直附庸於歷史之上，無法獨立發展而自成體系。神話只是當權者統治百姓的工具之一，咱們的孔夫子大概早已看清真相，才以一句「不語怪力亂神」輕輕帶過，歷代皇帝卻樂此不疲，個個自稱「天子」，並且創造出來「龍」這等無中生有的怪物，拿來嚇唬善良百姓！

扯上政治的神話，除了屈原鬱鬱不平的一聲聲「天問」之外，還有令人動容的文學作品嗎？

也許，《封神榜》和《西遊記》勉強算得上文學作品吧？因為深入民心，才被拿來當繪畫雕刻的範本。而神話人物雕塑，精美生動，其實也是一種藝術型態的表現。可惜，不願和政治結合而托庇於宗教的中國神話藝術品，難免淪落玄機幽暗的命運。

都在廟裡！真的，許多取材於《封神榜》和《西遊記》的諸天神佛，全被泥塑木雕後供奉在廟裡，讓人頂禮膜拜哩！

1 水仙神話

再次由關廟南二高工地，請半天假前往府城。

上回古蹟老廟巡禮回來，心裡老懸著赤崁樓前古蹟告示牌上「水仙宮」三字。自己覺得可能有點想岔了，把希臘神話裡那個顧影自憐不捨離開水畔而變成水仙花的納西薩斯，擺入水仙宮裡。

不能怪我，我從沒見過台灣廟宇，取過這麼柔美芬芳的名字。

我還是先到赤崁樓，在古蹟路線圖上找出水仙宮的位置，然後一頭栽進了迷宮般的舊街巷道，我相信「路在嘴裡」這句老話，真個是逢人就開口！老街裡的人很是親切，指指點點的把我引到了一個喧嘩市場內，眼裡看著魚攤肉販，鼻中聞著腥羶氣味，忍不住又攔住一位買菜婦人，問水仙宮可曾見否？那婦人瞪我一眼，抬了抬下巴：「就在你眼睛前面，還問！」

整個市場加蓋了頂篷，每個攤位都亮著燈，市場盡頭一間小廟，黑著門面杵在那兒！我的確沒看見。

傳統市場裡古老的廟宇，水仙宮供奉的原來是治水的大禹。廟於一六八三年破土興建，為明末寧靖王朱術桂行宮之一，當時的造型和廟飾華麗為府城之冠，到了清朝，一度是府城三郊議會之所……三百年世塵飛揚，昔日莊嚴廟堂，如今入目卻是灰撲撲憔悴容顏。

幸好，瑰麗玄奇的神話還在。

禹的出生就是一個傳奇。大神鯀為了解除人民受那滔天洪水之苦，偷取上帝的寶物「息壤」！那是一種可以生長的泥土，只要一小撮息壤，投入深淵，甚至能生長成一座高山，大神鯀就是以這種方法堵塞洪水，可惜，當洪水快被平息，而人民枯瘦的臉上開始露出笑容的時候，上帝發現息壤被竊，憤怒的派遣火神祝融將鯀殺死於羽山，並且取回息壤，洪水依舊滂沱四方。

寒冷飢餓的人民仍浸在水潦裡！鯀抱著巨大的遺憾失去生命，精魂卻不死！他的屍體三年不腐，腹中卻孕育著他的兒子禹，他把精血和心魂全給了禹這個小生命。這三年，禹在他父親的腹中生長變化，傳承了鯀的神力和平息洪水的使命。

鯀的屍體不腐，上帝怒氣不消，另派天神取「昊刀」將鯀的身軀剖開，禹化作虬龍，盤曲騰躍，自鯀被剖開的腹中飛了出來。

或許，上帝終於明白鯀的遺憾，也明白一個人的悲憫善心，如金石般堅定，難以銷熔！禹治水時，上帝不只不再為難，甚至還派出一大群龍去幫助禹，讓群龍以尾裂地，引洪水入百川而歸大海。

禹以導引之術治水，十三年間，三過家門而不入，大江大河從此有了奔流的方向，人民不再受那洪水氾濫，漂流如杵之苦，舜將帝位禪讓給禹，感恩的人民也將禹的形象塑雕，立廟祭祀，奉為水官大帝。台島則尊稱為水仙王或水仙尊王，為航海者守護神。

府城的水仙宮，坐落市場一隅，如此喧囂世塵，湮遠的神話，不會在汲汲營營的攤販商家口中流傳，他們流傳的是現世的另個傳奇。

水仙宮主祀的禹帝金身，三百多年的古董神像，某一天，守廟老人晨起灑掃庭園，赫然發現禹帝不在其位——給偷兒偷走了！

第一件事當然報警，也當然找不回來！偷竊在海島的刑事案件裡算小事一樁，破案率一直偏低，偷兒大概也算準了這點，就在市場邊水仙宮裡以行動證明魔高一丈，道高僅一尺！

廟內執事忙著解釋，說禹帝雲遊四海未歸，而一些信徒開始懷疑，水仙尊王若果靈顯，護佑全境安寧，怎麼連自身都難保？人世苦海，偶有人霧迷了、煙障了行舟方向，都到別家廟裡燒香擲筊，問津渡何處？水仙宮終究是香火日漸冷落。

三年後，同樣的某天清晨，廟公走出廟門，差點摔上一跤！低頭一看，竟是失蹤已三年的禹帝神像！他開始大喊大叫，嫌那被吵醒的左鄰右舍還不夠多，他甚至把廟內所有長串鞭炮，全拿出來燃放！

回家的大禹，依舊端藹慈祥，含笑不語，任憑信眾們抬轎鳴炮遊街，謎樣的三年時間，大可從容編出一個完整的現代神話：那小偷蒙禹帝教化三年，從此棄邪歸正！

我站在神案前，朝我們上古時代的君王鞠個躬，再仔細鑑賞神像雕工，眉眼神韻未見靈動，只算一般工匠刀法吧？偏這雕像高冠峨服上鑲金砌玉，又把手足體態全遮掩了！這是宗教，不是藝術。

走下廟前石階，我突然想起，為什麼不以宗教的力量讓神話和藝術結合？大禹治水的神話裡有許多精彩的場景，如果以藝術型態呈現，應該更能感動人心！何苦，哎！何苦把每尊神像都打扮得布袋戲尪仔一個模樣？

2 接官風神

「風神廟」也是一個挺吸引我探訪的地方。

我和眾神眾仙，真可謂點頭之交，非但記不全他們的封號職位，甚至有些神靈的出身來歷，我一概不知！風神？除了《山海經》裡，住在北極天櫃山上的海神兼風神的禺強外，我實在不明白諸天神佛誰有「風神」封號。禺強的神話造型是人臉鳥身，我在關廟仁德間的道路旁，看到玻璃纖維塑鑄漆金的「風雷雙龍」——風神、雷神和兩條矯矢精猛的飛龍。那風神卻是個手持芭蕉扇的神將，和神話造型大不相同。偏偏神像基座下，只刻著捐獻者大名和金額，沒介紹神將出身來歷。為自己的孤陋寡聞跑一趟風神廟，值得！到了風神廟，我仍是一頭霧水！廟前廟後繞過一圈，只知道風神廟主祀風神爺，風神爺神威是管轄風雨雷電，能保黎民蒼生風調雨順，能叫文武官員渡海平安！風神的尊姓大名，還是不知道！罷了！只好說緣淺，回頭再翻書查證。

風神廟不見雕梁畫棟，飛簷上也無龍鳳揚鬚振翅，素樸門面反倒給人幾分恬靜心情。廟埕兩旁鐘鼓樓各一，廟前則是接官亭石坊，已被列為古蹟保護。

石坊牌樓蒼鬱古拙，看得出沉深歲月浸染過，大略算一算，兩百年有了！而我難以置信的是：才兩百年，竟叫滄海成桑田！

接官亭下，原是碧波萬頃的台江內海，只為曾文溪口改道入海，台江數十年間成為鹽田魚塭，再數十年，鹽田魚塭快速減少，高樓大廈漸次聳峙，兩百年來豈止滄海變桑田，府城西區已是人車接喋，好不繁華熱鬧。

風神廟和接官亭石坊，圈出一個石板廣場，這處廣場曾是笙歌禮樂送往迎來之所！當時清朝派遣來台的官吏，都在此地登岸，而卸任的官吏亦由此登舟，回返中原安享餘年。想想那種場景吧！以中國官場的慣例，迎新送舊，不極盡鋪張奢華者，幾希？

上任的官吏，會到風神廟拈香謝恩，並且承諾以清廉公正的態度治理府城。卸任的官吏，也會進入風神廟拈香謝恩，官印移交了，府城幾年父母官的政績，自有民心議論紛紛，有無兩袖清風？持香者心裡清楚，搜括來的金銀財寶堆滿船艙，正揚帆待發，一出台江內海，還有一道波濤險惡的黑水溝！讓不讓過，就看天睜不睜眼！

朝著風神爺叩頭如搗蒜！聲聲祈求風平浪靜，也唯有這一刻，所有善惡因果報應不爽的神話，才又如此真實的盤據心頭吧？

風神廟終究只淪落為古蹟風景！除了台江內海消失的原因外，風神爺不管人間世事，清官貪官在海峽岸來去多回，沒聽他懲兇罰惡過，會不會這也是原因之一？

我微笑著朝左手邊的西羅殿走！西羅殿石柱盤龍簷脊飛鳳，廟前香爐香煙繚繞，想來總比風神廟更得人心些。

3 郭家西羅殿

西羅殿原稱聖王公館，又因主祀神明由泉州鳳山古寺分靈而來，也叫鳳山寺。當時台江內海逐漸淤淺，各港汊形成市街，即所謂「五條港」，聖王公館坐落於南河港口，以拉縴為生的郭姓家族的碼頭工人，在此休憩和祭祀。

殿內供奉保安廣澤尊王，楹聯上題有「汾陽門第舊簪纓」的字句，說明廣澤尊王為唐朝名將汾陽王郭子儀之後代，這座以宗族組織及宗教信仰結合而成的家廟，逐漸擴大到當地居民，而成為地方神祇。

由宗族性的供奉，轉換為社會性的祭祀，這一直是中國社會結構的典型之一，西羅殿匡正人心的法律，原是郭姓家族的族規，而名將之後的主神郭聖王更以醫術著稱於世。郭家子孫將仁心濟世的祖先，繪聲繪影的宣揚神蹟，終被奉為保安尊王。

我寧願寬容看待，緬懷祖靈英魂的人民，虔心誠意起廟祀祭祖先，並且創造神話，至少，這樣的神話，比較不會拿來嚇唬百姓。

我很快的走出西羅殿，順手拿走一本神廟起始沿革的簡介。也許，等回到工地，等工作不忙的時候，我會仔細瞧瞧郭家子弟的想像力，如何豐采玄奇？

古寺雲封佛火寒

0

「有影無！你哪會講無齊天大聖！少年吔，廟起彼大間，起大廟的人學問甘會比你較差？」

「小說人物啦！《西遊記》三藏取經這本書上寫的，一個姓吳的作家編出來的啦。」

「吳桑我不熟悉，伊會不會騙人我是不知影，不擱三藏有去取經對嗎？對！伊去取經就是孫悟空甲伊做陣去，你讀册攏讀半本呢？孫悟空就是齊天大聖，按呢你知無？」

「歐巴桑，應該是玄奘取經，不是三藏……無同款人！伊……三藏……。」

「猴囝兒，去拜一下沒要緊，有拜有保佑，香和金紙算你一百就好，緊去！」

我去拜了，按規矩到廟側金爐繞金箔錫紙，那個守廟老婦也來幫忙，呵呵笑出滿面皺紋。望著爐內熊熊火焰，我決定，不再干擾民間信仰的熱烈心情。

這樣的決定，讓我以後每個即興式的寺廟之旅，不再耿耿於科學辯證，叫玄學的歸玄學吧！其實，台灣許多古老寺廟，因為立廟年代久遠，神蹟顯靈、深植人心，每座廟遂呈現其獨特的風貌。找個一天半天，仔細探索古廟文化，當可發現，政治、經濟、文學、藝術、教育等演變與傳承，都可能自斑駁的風簷雨廊間，尋來蹤跡。

1 佳里・金唐殿

第二條高速公路從南瀛丘陵邊緣通過，我這飄泊的工作人員，也跟著落足關廟山鄉，流浪的職業換個角度看，算是支領薪水的旅遊，下了班，就是我尋山訪水，入境問俗的時間。

一本《海島開拓史》，翻開首頁即是台南府城，因而府城古蹟特多，列載的一級二級古蹟，我一處處找出來，親臨斯地思幽懷古，然後，漫遊的半徑加大，台南縣幾座被列為三級古蹟的廟宇，正是我想一一朝訪的地方。

我先找到佳里金唐殿。

由麻豆下交流道，走一七六縣道，往佳里。小鎮沐浴在漸漸熾烈的陽光中，我差點在市街巷道裡迷路，每個指點路線的好心人都說：「轎車進不去！金唐殿剛好在市場中央，用走的比較快。」

頂著大太陽走路雖辛苦，幸好工程人員習慣奔波荒山野嶺，體力和腿力都還可以。不過，找到金唐殿，尚來不及處理灰撲斑駁的第一印象，我仍先到廟側盥洗台沖手洗臉，汗一停，心跟著靜了。這才發現，廟貌原就素樸無華，加上風霜雨露浸蝕，果然已成老態！但在木作腐朽，丹青剝落之間，仍有一些剪黏作品，鮮活有韻，栩栩如生。廟居鬧市，紅色鐵欄杆圈出庭前一方天地，鐵皮棚頂上的閃亮陽光和熙攘往來的人潮一樣，叫人忍不住又要冒汗！沒人去注意古廟，沒人！多少繁華盛事，都在人們的記憶中煙沉了嗎？

是那幾個閒坐廟庭陰影下寂坐索思的老人，才讓我隱約探觸歲月蒼涼況味。

金唐殿始建於康熙三十七年（一六九八），至今整三百年！供奉的蕭王爺和觀音菩薩原本寄存平埔族的「公廨」之內，一名進入蕭壠社墾荒的鎮兵林可棟，獻地起廟，草庵泥牆香煙不斷，最初定名「代天府」。

小代天府卻是來到蕭壠社墾荒的唐山先民精神之寄託，荒蕪莽地裡，確信靈威暗佑，即能抵擋番害和瘟疫。乾隆五十年（一七八六），林爽文變亂，諸羅縣城所以數月不陷，乃得力於城中義民鼎力堅拒，亂平，乾隆下詔嘉勉，代天府重新修葺成大廟，接受敕封為金唐殿。

所謂「翻大厝，起大廟」，鄉民胼手胝足辛勤農作，為自家蓋了房子，可以遮風避雨了，馬上會想替神明也蓋堅固的房子，而大廟門面關乎鄉里父老顏面，因而金唐殿幾經翻修整建，並不惜重資請來汕頭名匠何金龍，以剪黏雕塑裝飾，金唐殿也因名匠剪黏的華麗精美直逼藝術，而被評為三級古蹟。

向廟內執事人員索取一份簡介，我不僅能夠知曉大廟沿革，也開始按圖細品一代名匠的藝術佳作，正殿屋脊，三川燕尾的大型剪黏，拜殿兩側龍亭虎亭的壁堵小品，構圖簡潔傳神，人物鮮活有韻。薛丁山打雁、楊五郎出家、八仙鬧東海……一個壁堵就是一個民間傳奇故事，氤氳香煙中，彷彿把我拉回小時候，偷看古書的甜蜜時光。

這座金唐殿，琅琅書聲，也曾迴盪在諸殿神佛耳中，清朝年間，金唐殿設社學，日據台灣時，亦藉廟堂設置公學校，光復後，以研究詩學，培養德行，貢獻地方文化的「鯤瀛詩社」，假中落的三寶殿舉行成立大會，鄉野遺老，書香傳承，即以神廟為軸心，發散。

佳里地區至今仍留有三年一醮的「蕭壠香」活動，外出的子弟都會返鄉共襄盛舉，神威深植民心是其一，重要的是不忘先人遺澤的敦厚情性。明白村夫村婦教誨後生飲水思源的苦心，迷不迷信？真的無所謂。

仔細端詳主殿三位分靈自歸仁大人廟的王爺神像，那被鼎盛香火燻黑了的臉龐，泛著油光，我想，我也該點三炷香，朝主人家們打聲招呼才是。

2 學甲・慈濟宮

離開佳里，下一站，學甲慈濟宮。

和金唐殿一樣，大廟坐落鬧市長街！還好廟庭寬闊，可以從客停車，較能調整好心情慢慢體驗古廟之美。其實，才進了學甲鎮，心情就很好，開口詢問慈濟宮，那個路旁檳榔攤穿得很夏天的姑娘，美目流盼，笑靨如花：「往前走，右轉，很好找的，有兩支紅色的大旗杆，這是我們學甲的地標。檳榔要不要？」

我有幾分鄉土味，台灣口香糖倒沒這習慣，略帶歉意的買了罐咖啡，咖啡還沒喝完，我已經輕輕鬆鬆的站在大旗杆底下了。

旗杆埋入地底九尺，地面六十三尺，立於民國四十二年。近五十年來，這兩支大紅旗杆論雄偉仍是全台第一！進入大殿，不識主人面目身分，先找大廟簡介，回到旗杆旁古榕樹蔭下細讀。

慈濟宮奉祀保生大帝，大帝名吳本，生於宋朝太平興國四年，宮至御史，精通醫術，因懷志濟世而辭官。在世時常以妙方醫病救人，得道昇天後，仍常顯聖蹟，受歷代皇帝褒封。宋高宗封大道真人（即台灣信眾耳熟能詳的大道公，和媽祖婆有點情感糾紛），明成祖時代，又曾化為道士，以絲線過脈在門外醫癒皇太后乳疾，再晉封為保生大帝。

台灣地區古蹟，大都能上溯至明鄭時代，先民由大陸漳州泉州移墾海島者眾，即所謂唐山過台灣。他們第一道關卡是橫渡海峽波濤險惡的黑水溝！自漳泉故居一出發，即須面對生死關卡，先民只得迎請故鄉神祇同行，盼天意垂憐，神威靈顯，護佑人舟平安。當時的學甲，仍是大片莽原，地廣人稀，只有少數平埔族群散居其中。來自泉州府白礁鄉的先民，也把醫術擅專的保生大帝迎請同行，祈能水旱癘疫，皆為禳除。

質樸感恩的先民，從此他鄉落地生根，能得溫飽後，遂以「白礁香」和「學甲香」的盛典，回饋保生大帝恩典。

如今的「學甲香」，和其他「蕭壠香」、「麻豆香」、「西港仔香」、「土城仔香」，同為西南沿海五大香。虔敬信眾輪流抬著神轎，遶巡學甲十三庄，香路近一百公里，需得三天才能走完全程！自小看慣「大刈香」的熱烈景況，心中早已承認，神道信仰乃是海島風情之一。

由廟庭廣場看慈濟宮，大廟主殿正脊，燕尾外張，矯矢雙龍和十尾戲波鯉魚向中央火珠聚合，正是雙龍搶珠和鯉躍龍門的格局，彩色玻璃的剪黏裝飾，色彩繁複華麗，在陽光中閃閃生輝，走入三川步口，木雕、石刻、剪黏和交趾陶，一件件裝飾工藝品，匠心靈氣兼俱，叫人忍不住咋舌讚嘆。

我的確有點看呆了！看得眼花撩亂了還離不開！名匠何金龍的剪黏之外，葉王交趾燒陶的人物鳥獸，神氣活現，更令人激賞。慈濟宮同時擁有兩位國寶級名師的作品，並且保護完整，被列為古蹟推廣長存，實至名歸。

主殿拜殿三川殿繞一圈，趕快出來。心裡只一個感覺：整座大廟就像博物館，神話藝術博物館！一時三刻看它不完，必須另外找個時間，作竟日之遊，才能慢慢消化慈濟宮內，一道道神話藝術的美之饗宴。

我另有一處也是三級古蹟的大廟在預定行程內，不走不快。

3 關子嶺・大仙寺

白河鎮仙草裡的枕頭山，位於嘉南丘陵主峰——大棟山之前，古稱玉案山，又稱玉枕山。巒林疊嶂，白雲低飛，登高望遠，嘉南平原上點點紅瓦村落，盡納眼底，騷人墨客來此，難免詩興遄飛，佳作吟哦出口。

被文人雅士讚為「林深泉冽春光豔，寺古雲封佛火寒」的大仙寺，矗立枕頭山麓，就是我寺廟之旅的最後一站。

午後的陽光，經由綠樹枝葉洗滌後，退了火氣。入寺第一道山門，更是區隔開俗世與仙佛的空間，走一小段路，我這朝山者已先有了定靜心情，到了第二段小山門，門額書寫「海天佛地」，不禁胸懷為之一闊！入門回頭，門上端整「南無阿彌陀佛」六字，彷佛兩扇門關攏來向人合掌問訊，可答可不答，唸了門上六個字，就算答了！小小山門也懂待客禪鋒，至此果然塵意盡消。

大仙寺依斜坡層層疊建仙佛殿堂，計分大雄寶殿、觀音殿、三寶殿和地藏殿四大部分。殿旁空地則是一畦畦菜園，灰衣僧尼在園內澆水摘菜，這是生活，也是修行。殿前磨石階梯上小坐，耳裡漫山遍野蟬鳴鳥語，我開始羨慕寺裡善男信女的出塵無爭。

一襲灰布衲衣著身，絢爛的生命顏彩，真能就此放任它褪成平淡兩字嗎？我繼續走！在觀音殿內一幅彩繪壁堵前停步，這是一幅僧人補衣的畫作，題款寫著：

剪一片白雲補袖

留半輪明月談經

字與畫，禪意橫生！大仙寺內，多少書法繪畫名家，留下意境深幽絕美的文字圖畫，供人沉吟索思。寺廟因藝術家手澤添其光彩，藝術家亦因作品依附寺廟而流芳百世，此即綠葉紅花，相得益彰。

行政院文化部古蹟調查，大仙寺殊勝之處，乃是大雄寶殿仿日本奈良大佛寺闢畫興建，中國寺廟建築為體，日本佛寺外貌為表，「日式屋瓦」的建築材料，更是清淨優雅，為台灣日式屋頂構造的兩座寺廟之一。

這是行政院相關部門，建議大仙寺以古蹟列管保護的原因。

雖說被列管保護，大仙寺因此名聞遐邇，山中僧尼出家如在家，依然捲起衣袖，挑水砍柴自給自足，我這個有幾分出世的朝山者，但覺愛極了這般清苦澹泊的整體感覺。

離開大仙寺時，日已西斜。三寶殿屋頂垂脊以大式瓦作呈現，幽暗天光下，龍、獅、魚、象等等動物造型皆透空成剪影，而剪影寧靜祥和，突顯佛寺古剎的超脫與化外，黃昏的大仙寺之美，亦為南瀛勝景之一。

循山路盤旋而下，一個轉彎一次回頭，竟覺不捨！駐足高峰古寺半天，對我而言不夠！不夠讓我的心境真個調整到世事紅塵不管；也不夠讓我以紙筆記取眾多楹聯佳句，留著逐句逐字細細賞析。

我心底又偷偷的開了張支票，安排個休假，舊地重遊，好好看清楚那壁堵僧人，如何剪下白雲，拿來補袖!?

輯 三

廿年雨路風塵

煉世冷魂

法律條文，只論對錯，許多事卻懸在對錯之間，難約難束；道德人心，能分善惡，苦無枷鎖牢籠可以制兇警頑。剩下文人一支惋嘆的筆，畫下多少剛正不阿的軌跡，叫人依循，依循了嗎？我懷疑。

如此血肉煉世，冷魂熱魄轉輾呼號，聽……讓他們自己說去！

1 魚語

我是魚，我有話要說！

什麼魚？問這幹嘛？我正一肚子氣，你怎好還有種族歧視？是啦，我們當魚的要浮上水面，當然要有氣，哪是裝在鰾裡，不是肚子，你沒解剖過魚嗎？呸！當然沒有。對不起！忘了你們是不殺生的，隔了一層鐵絲網，我還看得見月影下你的大光頭。

你是和尚還是尼姑？佛們弟子已無男女之念？是！是！問問罷了，我是說如果你是女的，說不定認識那個魚籃觀音，我們魚族傳說，只要讓她用魚籃撈走後就能入仙界，生生世世快活逍遙。金魚！不對！我是一條鯉魚，一條運氣很背的金色鯉魚。不知道那個魚籃觀音如今還撈魚不撈？會不會到這兒來？沒聽說？那——有個龍門峽瀑布，鯉躍龍門化為龍的……算了！你什麼都不知道，鯉魚族流傳下來是古老神話看來可信度不高，大概註定翻不了身了！

氣？對了，我剛剛說我有滿肚子的氣，都是生氣！不是不是，不是我的氣囊生病沉不下去！你們人類真麻煩，同樣的意思弄出來這麼多說法。憤怒你懂吧？我討厭，怨恨你們人類，所以發脾氣！懂了？原因？原因多著呢，你抬頭，左邊，看到沒？「樂透」挫魚場五個大字，我沒唸錯，他們也沒寫錯，不是釣魚場，是挫！斬字眼。就是那釣字改為挫字以後，整個池子氣氛全變了！那些池旁揮竿挫魚的人類，血腥瘋狂，比我們魚族傳說中的「禽獸惡魔」，鷹和貓，還可怕千萬倍不止，殘……殘忍哪！

對不起！我一激動，口齒就有點不清楚。不是啦，我們含著水也能講話的，是我的嘴唇有點歪……好久了，當挫魚場還是釣魚場的時候，我差點被釣上去。那次餓昏頭了，還好，一入口發覺不對，沒敢往裡吞，那鈎子就咻一聲把我唇角給扯裂了，以後我就淨挑誘餌喫，清清淡淡的也吃出點智慧來。疼？當然疼，那回教訓的慘痛處，說給別條魚聽，他們怕是怕，見了餌還是會忘記危險！現在不用我嘮叨了，那挫魚鈎不帶餌，亮晃晃尖利利的來回掃，整池子魚東藏西躲，誰個不是掉鰭缺鱗，傷痕累累的不成魚形……可憐！

謝謝你眼中的不忍和慈悲，我就是聽著你站在鐵絲網外垂淚唸經，才浮上來的。你看到那條魚叫做「尼羅河紅魚」，蟻蛀蟲咬得在草叢裡捱了好久！他第一次被挫上去的時候，驚天動地的掙扎，結果一整條蜈蚣釣的尖鈎全釘入了身體。沒想到隔沒多久又給放了回來，鱗甲血肉剝離碎裂，躲在壁縫裡留了三天的血絲，任傷口慢慢腐爛。等到他神色漸昏，迷迷糊糊飄往池中時又挫上去，這次他連掙扎的氣力都沒有了！你知道嗎？那惡魔說：「幹！挫到一隻臭魚仔！」就往岸邊草叢一丟，又來挫我們！那披毛惡獸的貓爪牙雖利，吃一隻飽了也不來抓第二隻，那人不餓，也不吃，對不對？若以我們的血肉滋養他的性命，也就罷了，他卻以殘殺毀棄另一條生命拿來取樂！這種不尊重天理法則的人類，難道不該有報應嗎？

報應？我只是魚，一種食物鏈裡的弱勢生命，能和人這種兇殘的食肉獸爭什麼？魚權嗎？天大的笑話！鯉躍龍門，化龍飛出！這是我們最後的指望了，若我能成龍，一定呼風喚雨，掀動滔天洪波，淹了「人」這種東西！

你例外！你身上沒有血腥氣味！你亮亮的頭像月光一樣溫柔，你是「好」的人，這點智慧我還是有的！真的。

你會游水嗎？我教你，好不好？

2 獸言

是啦，我是樂透頭家。挫魚場我開的。啥代誌？訪問我，要登報紙？幹！彼個阿雄，阿勇仔，恁兩個來將這位記者先生趕出去，有聽無？趕趕出去，拿一條長壽煙來啦，卡好禮趕咧！幹！伊娘咧，這是曉時代！

講起來話頭長，現代社會沒什麼生意是好做的！挫魚就挫魚，代誌有夠多！報紙寫啥米殘忍囉，吃菜人講「不通」囉，損陰德囉！擱親像去犯到天條同款。真奇怪，屠豬場、屠雞場，一日殺千千萬萬隻，哪沒人去講一聲不對？一隻漁船仔出海，大小隻抓袂好幾噸，同款是魚，我這裡一日總挫起來無一百尾，賺無幾條錢，哪會生出來這麼多話？

較早釣魚場，我人老實，未曉得叫查某妝水水來陪人客釣魚，生意一日比一日擱卡歹，本錢敢是強要溶去死。改做挫魚場，也是學人變的，有影卡刺激，這個時代啥人無想袜找刺激？反正釣起來是魚，挫起來也是魚，同款吃落肚子內。幹！那無人講油炸的較殘忍，用紅燒的較無殘忍？

想著就氣，講起來擱愈氣！世間是找無幾項公平的，生意人不去偷不去搶，不去殺人不劫銀行，給報紙電視罵得沒一塊好！人客自己有腳，也不是我去拿繩索綁來！查某間哪麼多查某，敢有比池子內的魚較快活？不去救，不去禁，跑來管魚仔按怎死才合理！伊娘咧，有夠嘸氣！

我這個人做代誌有原則，萬樣生意攏可以做，嫖和賭我絕對不沾手！社會敗壞，人心變歹，這兩項正是罪惡源頭。挫魚……坦白講，不是好代誌！較早釣魚的人客愛換這款口味，我有啥辦法？不做，跟時代不上，我若關門，阮厝的貸款，阮子大學的註冊費、生活費，誰給我？昨日，讀高中的大女兒跟我鬪嘴鼓，勸我改回釣魚場就好，講的目屎流目屎滴！道理我攏總知，世間所有的道裡拿來和錢擺作堆，有哪一條講得贏錢？囝仔郎哪知社會現實到啥米程度？

聽到一些風聲，講挫魚場發生挫人事件，將隔壁的目睭人挫出來……呃！恐怖！我看挫魚場頭家加減有麻煩，魚鈎入肉，無開刀敢會煞？幹！這款生意風險也大！

管伊咧！挫就挫，反正現代人興趣一陣一陣，沒定著幾個月後這個行業無流行，到時關關起來也好。

挫魚？幹！我想那麼多作啥？

3 僧心

慈是道場，等眾生故，悲是道場，忍疲苦故，我佛慈悲，阿彌陀佛！

妙法蓮華經裡菩薩長啼，悲淚黎民愚迷，五濁惡世中受那成住壞空的無常變滅，輾轉生死輪迴而不悟！大智度論言此菩薩大悲柔軟，見眾生貧苦老病憂怖，為之悲啼，是故天龍鬼神號為薩陀波倫……我不是菩薩，悲智光明的菩提心燈，還待修持！

當初削髮清口，近佛向道，也僅是一念含悲，看不得生滅遷徙的蜉蝣人世，猶汲汲造那無邊罪孽。菩薩因人而哭啼，是眾生病而病的慈悲，我哭！不是為人，我對人早絕了渡化的妄念！我哭一條魚，一條好似被千刀萬剮過的魚的屍身，在池畔草叢裡凸醒著眼，默默向天地控訴人心利刃的無情。

挫魚，天啊！阿彌陀佛！聽說還有挫鴨挫鵝的！這是什麼世界……不，我應該說這是什麼台灣！近幾年來，海島居民虐待動物的惡名，時常受外國人的指責，外國人可以為一隻受困的鯨魚，鑿了幾百里路的冰孔引魚出海，我們澎湖沿海海豚，血染黃沙多少？外國人的血是熱的，淚是熱的，而這兒呢？血和淚都冷了？是不是呢？阿彌陀佛。

眾生平等，平等的真正奧義，不僅僅是人類智慧貴賤的狹隘平等，應當擴及鱗介蟲羽有情生命的等量齊觀。烏反哺、羊跪乳，披毛戴羽的禽獸生命一般有情，自認萬物主宰的人類食其肉飲其血，罪孽既深，而殘殺凌辱以為取樂，冤仇更重！

一個釣字改為挫，把果腹兼心性修養的活動，轉換成殘忍暴力的刑殺場面。戾氣所積之地，必有血光厄運降臨，因果業障，報應不爽。世人痴頑一至如斯！剛剛一隻金色鯉魚浮在水面，那切切吐冤熱厲含恨的傾訴，我彷彿可以聽懂，全然聽得懂一條魚至深至鉅的怨毒。

曾經挫魚場上，那些殘酷的人臨岸揮竿，卻鈎上了旁人的臉，鈎瞎了一隻眼睛。銳利鋼鈎入眼，疼是不疼？血淋淋的果報上身，那剩下來的一隻眼能否了然自性？尋來久被濁惡紅塵蔽掩的善根？闖禍的人會不會想，鈎到人必須破財和解，鈎殺了那麼多魚，他拿什麼來償還？道德漸至敗腐，本性趨向暴戾，日削月損的將一點真靈陷入無間地獄的泥淖，他懂嗎？懂嗎？

恨不能巨棒在手，當頭喝之，阿彌陀佛！

真是早絕了渡化人世的妄念！早絕了。那天寺裡眾師兄弟閒聊，對挫魚一事個個搖頭嘆息垂首誦佛。我說要不要學習街頭抗爭那一套，也發動寺中僧侶去一家家挫魚場靜坐抗議！有位師兄說我塵念未消，不像出家人。我舉地藏菩薩自甘入地獄，裸足踏上地獄騰騰烈焰，終能以清涼之心將烈火化紅蓮的例證，另一位師兄嗤之以鼻，他說那些挫魚場裡的人，九成九以上倒有一顆獸心，若叫來幾個持刀拿棍的小流氓，打你一頓，你有忍痛挨打的神通嗎？敢跟地藏菩薩比？

說的也是！阿彌陀佛！

總是一念悲憫難捨難斷，竟至發願每晚月上中天時，悄悄站在鐵絲網外，合掌誦經，超渡魚魂——願爾鋼鈎下萬孽齊消，往生極樂！

我佛慈悲，阿彌陀佛！

洪濤不毀帝鄉

天柱折，地維絕，大時代急潮奔流，將生命和愛情推向不可測的深淵，縱有掙扎，也只若攀岸的浪花，打個漩，復歸浪滾原洪，誰都抗拒不得。

洪濤波揚，滂沱淹過四方，帝鄉子民從此如浮木漂流，四十年。

1 祕密

李從軍的故事，則在四十年後，還餘波盪漾。

老李一向嗓門大，回大陸探親兩個禮拜期間，修理廠安靜許多。沒想到他回來後，情況卻更嚴重，整個人像啞了般，成天僵滯著臉不吭聲，修理廠悶得簡直就快沒人氣了。

大家全巴望著小劉快些逗開他的臉，小劉和他是老少配，一老一少的絕配。修理廠裡老李負責引擎部門，技術和經驗加上四川辣椒脾氣，他的話就是老君急急如律令，哪個小鬼不怕他三分？偏就小劉不受箝制，小劉總有辦法在老李的火藥庫欲爆未爆之間，及時拔掉引信，再死皮賴臉的硬拆雷管。

對不起！這小劉卻又最服氣我。他認定我學問好，氣質好，是黑手群中難得一見的書生才子，他來親近我，算也是有眼光，人往高處爬不是？就說老李，老李在修理廠是個王，和我說話哪回不是敬重有加！題外話，我要說的是老李的故事。

那天，李從軍探親回來一個禮拜後的某一天，小劉到我電工室來，鼠目放光，悄聲的說：「陳兄，李老君這次糗大了，你想不想知道？」

伶牙俐齒的我，面對沉深舊事的痴狂決裂，只能嘆息連連，任何決斷的話語，出自我口，都將唐突「情義」兩字。

老李是身受者，更是點滴寒冰在心頭。他說：「我整整在父母墳前跪了三天，想了三天，恨自己為什麼不在當年死了算……四十年呢人家等，小陳，我怎麼向她交代？跪三天五天賠得過？還得清嗎？」

我啞口無言！又一聲嘆息。唯一可以推諉的方法，就是怨這老天，不會做「天」的老天！把中國一割為二，切斷千萬骨肉牽連的血脈，讓兩岸無辜子民隔河淚眼凝噎無語四十載！

第一次感受到「老淚縱橫」是如何個憾人心肺，老李還在說：「在那邊能有什麼好吃好穿的！你都不知道，她老成什麼樣子。」

這我瞭解。兩岸一比，四十年來是天差地！在物質和精神雙重匱乏的情況下，一個女子會老得快，那也不必說了！我只能拍拍老李的肩膀，盡量控制自己哽咽的聲音：「老李，罪不在你！你別把什麼跟什麼全自個扛了！台灣這個家可不能因此而毀，想想清楚，別轉不過彎來，她四十年都這麼過了……就讓她這麼過吧！」

老李後來再不提回大陸的事。

他只託人帶過去一筆錢和一封近一萬字的長信，錢呢，我沒打算一定要老李還，信，當然也是我寫的。寫信那幾天，我和老李眼睛都是紅紅的，這個祕密，小劉這個包打聽可是甭想打聽出來了。

2 親不親啊故鄉人

修理廠兩個老領班，我們稱他們為文官武將。

李從軍當然是武將。文官指的是郭老，郭老，看起來其實不老，一頭短髮找不出幾根雜色，削瘦了點，卻更見精神。他靜靜的想心事時，眉頭微皺，唇角微翹，眼睛亮成針尖般銳利，架構出一副「不懷好意」的臉譜，因而他那木板隔離起來的保養組，平常少有人敢無故闖入，除了我。

事實上他是細膩而睿智的一個老人，只是鄉音重，說話聲音偏低，沒聽慣還真搞不懂，汽車廠裡的小夥子對他是敬——而遠之！

我和他的交情屬於筆墨相歡的文友型，常常互相交換塗鴉大作，各吹各捧各的，他弄個筆名，有事沒事就寫稿騙些香煙錢，而且還真能騙得上，我不得不佩服他的勇氣和才氣。

那天，我存心挖掘他的底細，以充當小說資料，他問明來意，眼睛亮了一陣子，爽快的說：

「你想瞭解回老家的真正心情？簡單。

根結原是深植心頭，因何此刻卻猶豫了？卻懷疑了？

——海島的水質甘軟，比不比得上故鄉甜？

當你懂得什麼才是鄉愁，人已在天涯，中間橫阻一道深且闊的海峽！你永遠忘不了那年，那年，你才十八歲，華北洞窟裡燃起一把野火，鋪天蓋地捲燒而來。大軍急潮般湧退，你隨著部隊自山海關一路南撤，經薊北古戰場，尚來不及細看鄉親們絕望的臉，大軍已催促著渡河。你在黃河南岸回首呼號，而薊縣北周家莊裡的父母兄弟，早掩沒入狂舞的紅旗下。持槍指日，你向著濁浪翻騰的黃河立誓：「我會回來，回來。」年輕的誓言是通紅的盪鐵，印在火熱的心頭，一字一句盡是烙痕。

那時正是黃昏，垂危暮色裡殘陽若血，天地一片淒艷的紅，黃河便似一道傷口，在你永難癒合的創痛記憶裡日夜奔流。

日夜奔流啊！四十年來骨肉剝離的怨憤未消，你確定，任何你立足的土地，都不是你的故鄉。

——然則四十年後，這裡是不是你的故鄉？

你惶然四顧，一聲略帶問詢的汽車喇叭適時響起，車窗搖出來計程車司機的笑臉，你揮手拒絕，走上騎樓。慣用的手勢，熟悉的熱情和冷漠，沸騰的街景，燃燒的城市，眼前燈火聲色交織成的這個大都會，你其實和她一起走過蛻變的歲月旅程。

初到海島，苦難的中國終於懂得自百年滄桑的歷史經驗，汲取血淋淋的教訓。軍政黨民同心戮力，將原本帝國殖民的這塊土地，從一無所有，在短短數十年內創造了舉世震驚的台灣奇蹟，成就富而華麗的經濟結構。你也從一個鄉愁時常漫淹眉眸的離家少年，逐漸適應海島雷雨炎陽的氣候，你購屋置產娶妻生子，妻與子都有閩南水稻成熟時漂亮的膚色，只你一口鄉音堅持不改，還在夢魂深處頻頻呼喚父母荒蕪的身影。

自軍旅生涯告退，把槍交給了年輕的戰士，你不曾忘記黃河畔的誓言。你渴望再看一眼陰山山脈綿延千里的峰巒；你要到故鄉薊縣東北角的喜峰口和古北口，去聽聽嘯呼大漠的風暴，憑弔當年森森白骨啾啾夜哭的古戰場。

你撫著誓言的烙痕回去了。你永難相信因戰禍而頹圮的家園，四十年來依舊破敗荒涼！景物依然，人事全非，這是多麼惡意的諷刺！沉深遲緩的漫長歲月持刃，竟似專找無辜的子民開刀！在悲苦的人臉上深雕紋褶。文革浩劫後唯一倖存的二弟，老了，夢裡父母的白髮，移轉在小你七歲的二弟兩鬢上，匍匐成一片寒涼雪意。父母墓門已朽，墳草特意修剪過，禿蔽枝椏無語問天。你以郭家長房的身分持香祭拜，一柱馨香嬝娜，飄不過陰陽兩岸的界址，你心裡明白，黃泉之下，因地主被鬥爭至死的父母，瞑不瞑目！

回國前夕，二弟張羅著設宴送別，在村長幹部幾次示意後，二弟席上舉杯，木訥訥的彷彿背誦艱深的台詞：「北周家莊的老家不曾如此熱鬧過，葉落歸根，回來就住下吧！大哥。」那些主動過來陪客的幹部們也異口同聲：「人不親土親哪！我們歡迎郭先生回祖國長住，歡迎。」

所有的親戚族人都來相見，你迷昧悠惚的苦尋不回來舊日嬉遊時呼喊的名字，便一個人一份見面禮，千金散盡後，皮箱的衣褲鞋襪，一樣可以換得某一雙眼睛裡感謝激動的淚花！

——美不美是故鄉水，親不親，親不親啊故鄉人！

你在最深的夜裡，垂首自問，無語淚流！原已收瘡結疤的那道怨恨傷口，又隱隱抽疼。

恍若穿越古老歲月那扇陰鬱的窄門，你馱負著一張張歷史風霜鑲雕過的臉龐，回到台灣！在明亮綺麗的海島上聽慣聽的市囂街聲。看兒媳和老伴與匆匆討論下次大陸旅遊的路線，你悶悶的向她們說：「老家我回去過了就行，你們要去，到別的地方去！」

——在那魔魘政權仍舊盤據不散時，今生，便把他鄉當故鄉！

舒口長氣，你發覺你走得好遠了，腿也乏了。夜市邊緣，水銀燈輝燦若白晝，雲集的攤販，熱烈的叫賣聲，正熠熠沸沸的展現一幕城開不夜的現代傳奇。

隨手招來一部計程車，像疲憊風浪的舟，航向暖暖的港灣，你朝著來時方向，伸臂直指，說：「我家就在那邊，我要回——家。」

抄完後，我把原稿還給郭老，問他：「郭老，你老弟呢？你真不管了？」他平平穩穩的說：「再怎麼說總是骨肉兄弟，我走時偷偷塞給他一些錢，也夠他花一段日子了。」問他什麼時後再回去，他生氣了，直怪我沒認真看他的文章，他的文章是一字一淚，痛心疾首寫成的——而且兩個晚上沒睡。

3 撐出一片浩蕩天光

文官武將探親回來，顯然心事重重。

這心事同樣的無奈，同樣的憂傷。只因為歲月乖隔，造成兩岸差異，這背道而馳的兩個政權，四十年來究竟各做了什麼？讓久別乍聚的兄弟，竟是相見無歡顏？

經濟，那是不用比了，全世界的人有目共睹！文化，破四舊，批孔揚秦，紅衛兵十年文革，中國五千年來珍貴的文化遺產，幾乎揮霍毀棄殆盡！也間接造成大陸知識份子的斷層。鐵幕深鎖，關住民主自由的訊息，拙樸的同胞仍被控制在毫無人權的制度下，強行脫了十億同胞的褲子換來核子，充饑的白米換了子彈，軍事上成了東亞惡龍，攪動國際姑息逆流洶湧，狂囂的佔上聯合國一席之地。

從此，世界各國但知有中共，不知有台灣。然則，台灣承受如此詭譎的困境壓力，未慌未亂，堅持三民主義的崗位，飄搖風雨中沉默的耕耘，終能昂昂然走入世界經濟舞台，以國民所得和外滙存底，簡單明瞭的昭示兩個政權相較之下的優勝劣敗！

而開放兩岸探親，就是更直接的讓閉塞的中國兄弟，去親身體驗自由均富的溫暖，去唾棄那涼著臉孔，叫他們貧困一世的共產制度。

小劉沒改他那語不驚人死不休的個性。那天，大夥兒利用工作空檔，聚成一團擺龍門陣，正說到探親旅遊熱潮的事，小劉插話進來：「其實，我們中計了！探親？我們不是去探親，是去幫他們做地方建設！」

眾人大罵，要他舉例說明，他倒不是蓋的，也自說出一番道理。他說：「原來窮哈哈的大陸同胞，突然來了個渡金的台灣親戚。出手大方的，一下子讓他們變成萬元戶，那也是有的。當地的村里幹部等難免眼紅，就弄個名目，要搭橋要鋪路要挖條水溝等等，請這些有台灣親戚的人多少樂捐些，這不是間接替他們做地方建設嗎？」

他還不罷休，接著說：「聊這種探親的話題，已經落伍了，現在較熱門的是探親後遺症，兩岸通婚的問題……。」

有人打岔，糗他：「小劉，你管的事也真多！通婚就通婚，還會有什麼問題？你快三十了不『通婚』，那才有問題！」

小劉一副門縫裡看人的樣子說：「去大陸探親旅遊的人潮一年多少人，你知不知道？是呀！不知道。好，漁郎的大陸新娘一年遣返多少人，你知不知道？也不知道！你給我，閉嘴！」

我在一旁，冷眼看小劉以數據來分析兩岸「私生兒」所引發的問題。我想到老李的祕密，愛情，這種銘心刻骨的情感，任何波折加諸於一對平凡男女身上，都是欲生欲死的經歷，我有一點點傷心，傷心愛情在兩岸局勢風雨中，憔悴折損的模樣！

最通俗的歷史掌故，就是「昭君和番」，若是情愛生變，也就罷了，卻是因為外力的因素，使得王嬙淚灑苦寒胡地！比喻雖不甚妥切，愛情被強力剝離的苦楚，今古可作同觀。

電視上，挺個大肚子的大陸妹，神情慘淡，和拙厚的漁郎執手淚眼無語。不同文不同種，因為愛情的緣故，可以異國結連理，同是大漢血脈，以相同的言語娓娓訴說情深的戀侶，卻需作分飛燕！這不是電視劇的虛假情節，而是真真實實的人間悲劇。

我因文學的多思易感而沉默了！小劉恰好滔滔談到探親人潮的暴發戶心態，正在大陸同胞間普遍引起惡評的事實。老李在引擎組那邊扯口大呼：「小劉，小劉，快過來瞧瞧這部車子……你還在嗑什麼牙？」

小劉一走，場面有一陣子冷清。兩岸決裂已久，再相逢時隔閡也深。生活方式和心態上的差異，尚屬小事，更重要的是政局的變化，這才是真正關係到中國的命脈！中共不肯放棄武力犯台的野心，以及台灣少數激進份子掀起的風浪，都將增添許多不可測的危機！而眾人面面相覷無言，是因為這一切變數彷彿已逼在眉睫，大中國不可分割是確定的事實，卻如何才能拿捏得好！讓兩岸子民能夠真正聚而無憂無憾？

就像郭老文章裡呼喊在心裡的聲音一樣，只要那政權堅持魔魘的惡意，即使骨血阡陌的神州土地相連接，也將忍心以他鄉為故鄉！

我深深相信，相信人心趨向光明面的必然性！而五千年朝代迭換的歷史，說的也只是「人心」兩字，人民的心！民心的向背，決定統治者的存廢，也決定一個朝代的興亡與否，道理雖簡單，雖老舊，卻絕對不容置疑。

見諸當今世局，東歐共產主義的崩潰，東西德的復合，天安門百萬學子的怒吼，甚至戈巴契夫成了蘇共的終結者，獨立國協取代了蘇維埃帝國，在在顯示了民心的力量。自由和民主，正是這個時代新豎立的天柱地維，撐出一個天光浩蕩的大世界！

或者，我該勸勸老李和郭老兩人，無須和彼岸如此決裂，我們可以溫柔、溫柔的等，等那民主自由的浩蕩天光，慢慢消融鐵幕內社會主義的凍雪凝霜，我們還是去探探親，讓骨血兄弟寒顫的眉睫添一些希望的暖意。並且告訴他們，海峽對岸的這個島，白露秋霜時草木不悲；地轉天旋時北斗不墜，而歷史可以作證，大中國曾經多少次洪波淹漫，帝鄉永不毀！

猛虎大道

今天，台南關廟南二高工地，凡是住高雄通勤的工程夥伴，全遲到了！原因大家心中有數，等那些遲到的夥伴一輛輛車子進了工地，消息終於確定：車禍！高速公路又大塞車了。

修理廠也有兩個黑手弟兄遲到！他們拿出戰鬥操的速度換好工作服，趕忙加入工作行列，自然有好奇寶寶追問車禍細節：「塞車喔？怎樣？甘有人受傷？」

「高速公路發生車禍，哪一次不是又死又傷？不過這次你沒猜對，一輛貨櫃車煞車失靈，把中央分隔島的護欄扯斷一截！人呢？沒事！警廣說的。」遲到的夥伴閒閒說著，雲淡風輕。

另個也遲到的補充說明：「拖車翻覆的時間早，路上車少，不曾波及無辜，算是不幸中的大幸！倒是會塞車嚴重，主因是台灣駕駛者大多沒修養，拚命擠路肩，把大吊車趕往出事現場的路給擠滿了。」

「你呢？你趕著上班，有沒有同流合污？也擠路肩？」這人是存心捱罵的。

「你以為我跟你一樣沒氣質嗎？我是奉公守法、循規蹈矩的一等國民，哪像你……」一邊工作，我豎直耳朵也一邊聽他們唇槍舌劍交鋒。黑手夥伴相互鬥嘴，算是一種娛樂，很難生出閒氣，他們提到的車禍情況，沒啥稀奇，台灣道路上此事早已司空見慣。我心情有一點點沉動，只為駕駛者氣質一直沒法提昇！交通法規及格，才能參加路考取得駕駛執照，法規懂，違規的行為仍是一犯再犯，最令人痛心！高速公路路肩，專供道路救援用，違規行駛還得重罰，這點每個駕駛者全清楚明白，卻為什麼每次車禍一發生，最需要救援的時候，路肩就一定有人佔用！

我希望，再有這種情況，駛上路肩者罰款加倍！

這不只是我的希望吧？每個曾在高速公路上，乖乖塞在車陣裡的「一等國民」，都應有此心願。嚴刑峻罰雖不足取，但對那些冥頑不靈兼不服教化者，卻有立竿見影之效！

一個上午，回廠修理的機械全部出清！操作人員各自把機械開出施工現場，下午除了幾輛工程小車進來定期保養外，沒啥大事。關廟到新化段的高速公路，全長十四公里，加上一個交流道，所需機械加一加超過兩百部！難得修理廠能空出來，黑手夥伴七、八人，窩在小小的工具室內待命，並肩排排坐，顯得格外親熱。

其中兩個夥伴摩托車騎出去，到關廟市街買回來滷味和報紙，他們搶完報紙後，照例把副刊丟給我。看著小說，啃著東山鴨頭，我聽到拿著社會新聞版的夥伴說話了：「十六條人命！統聯客運每人賠償兩百萬！家屬不滿意，按鈴控告客運公司！哎，又擱是大車禍。」

「人都死了，在金錢上計較有什麼用？我看是活人愛錢！」又一個找捱罵的！這是哪壺不開提哪壺！

深具草莽正義的黑手，果然群起圍攻：「胖子！照你這麼說，人命不值錢啦？枉死的人沒地方喊冤啦？因為司機素質太差，害死這麼多人，用錢可以平民怨，算客運公司和司機好狗命！」

「這是暴君心態，還好胖子當黑手，不是當總統！」

「生命無價，這句話的意思是生命珍貴，是無價之寶，不是不能講價錢！那些死者的父母妻女要求的是肇事者的誠意和悔改！他們的淚水用鈔票能擦得乾嗎？你這個人沒同情心！」

被交相指責的夥伴，胖子臉上仍掛著微笑，像彌勒佛！等罵聲稍歇，他才點點頭，說：「好！說得好！這世間冷面孔熱心腸的人還有！咱這些黑手弟兄就是。」

眾人啼笑皆非！剛剛開罵的人這會兒被誇獎，一臉靦腆神色。幸好有人適時解圍：「奇怪！有很多卡車肇事，都說煞車失靈！煞車到底怎麼回事？那麼容易故障嗎？」

黑手夥伴大都知道煞車系統的構造和原理，也開始熱烈討論故障的原因。高壓煞車油透過活塞推頂摩擦片，油路以鋼管傳輸，鋼管鏽蝕或因碰撞斷裂，即是煞車失靈狀況！再來煞車泵由壓縮空氣輔助推動，氣壓不足也會踩不動煞車……所有易生故障之處，都有儀錶燈號顯示，總結一句話：駕駛者機械常識不足和疏於保養，該負大部分責任！

的確！上千萬輛車貨卡，奔馳海島公路，能夠預知機械示警而避禍逃劫者，十之一二罷了！太多漫不經心的車主，太多老舊的車子，才是公路上車禍頻傳的主因。

也許還得加上氣質！守禮守法的道路修養。譬如酒後駕車！無法明確冷靜駕控車子，這高速移動的交通工具，就像一顆可能隨時引爆的炸彈！譬如最基本的遵守交通規則，紅燈不停，超速駕駛，寬廣大道將變成噬人虎口，因而肇事者，無異驅虎傷人！

黑手夥伴話題轉到被大卡車欺負的驚險情況。高速公路上，小車被大車咬著車尾閃燈按喇叭的經驗，恐怕許多人都有過！黑手中有拚命三郎型的說：「誰怕誰？撞上來是他的錯，不是我錯！撞爛了正好換新車。」

龐然大物逼近車後，兩車距離根本不容許出一點差錯，除非神經線夠大條，誰不是險象環生的擠入外側車道？有時候我會異想天開：安全距離被侵犯，算不算恐嚇？逃離不可能被夾殺的險境，可不可記下車號，告他一個殺人未遂？

下班時，我在宿舍看著同事的車子，一輛輛駛出工區，融入下班的車潮裡。由台南關廟，回屏東，回高雄，五十幾公里路程可以耗掉兩個小時！台灣經濟奇蹟令世人刮目相看，也同時造就了海島一條條公路「車如流水馬如龍」的奇觀。

盼只盼啊！在車水馬龍的公路上，每個駕駛者，氣質和修養能夠跟海島經濟體系一樣，一直往上提昇，往上提昇到真正「富而好禮」的境界。

然後沒有馬路如虎口這句話，沒有猛虎大道這種公路，每個人都快樂出門，平安回家。

（寫於台南）

楓丹白露

去年上半年，海島藝術界的天空很「奧塞」。

定名為「黃金印象」的奧塞美術館畫作特展，在去年年初，迎來六十幅法國印象主義前後期的繪畫名作。這些光芒萬丈的不朽名畫，恰是十九世紀法國美術史上黃金時代的精采創作，它延續自古典主義、浪漫主義、寫實主義，創新求變而成印象主義。

印象派又稱為外光派，探討光線對物體的色彩以及形體上的影響，所以，它的作品色彩明快，筆法簡練，取代了過去單調灰暗的畫風。當時，這些新世代的畫家們，聚集在「楓丹白露」森林區裡的一個小村莊「巴比松」，直接由大自然汲取靈感作畫。其中也有許多文學作家，不約而同擷取楓丹白露巴比松為文學素材，這片景緻絕美的森林小村因而名聲遠播，大放異彩。

名畫在台北展覽，吸引洶湧人湖，移至高雄，同樣人潮洶湧！莫內、梵谷、高更……在這些畫壇宗師的作品之前，每個人每一顆曾經被遺忘的藝術細胞都活躍起來！誰說這個海島是暴發戶之島？是貪婪之島？是什麼什麼SPP之島？

我當然躬逢其盛！雖說我只是一個俗稱黑手的引擎技師，但那是職業，專精機械修護，只為領份薪水養家活口之用。我的志業是文學，寫作是癮，並且已經決定此癮終身不戒！如此這般。奧塞名作特展，怎容錯過？

一向對藝術作品懷抱崇敬之心，相對的，我也對每顆執著藝術創作的心靈，讚賞有加，繪畫的格局技巧我不懂。但是畫面上呈現的，屬於藝術範疇的美善和諧，卻自然發散，我看到每個觀賞名畫的人臉上專注和感動的神情。

在展覽會場，我的確感受到，接近藝術，可以讓我們度過一小段「優質生活」——優雅平和的美麗生活。

一小段！是的。離開會場，融入急促轉動的現實世界，去回顧海島這半年來的天空，都會忍不住用台語罵一句：「今年上半年，海島治安的天空，也很奧塞！」

營造優質生活，原為民之所欲，但這半年來，「治安敗壞」、「社會生病了」等等憤慨嘆息之聲，處處可聞！聳動一時的三大命案，徹底摧毀台灣人民對生活環境的信心。憂心如焚的父母兄姊，為了給稚兒幼女一個免於恐懼的環境，終於在街頭上集結遊行，訴求吶喊！

那樣悲情的電視畫面，我看了，和去看「黃金印象」的印象同等深刻。

我工作的修理廠裡，一群黑手夥伴，沒人去觀賞奧塞美術館印象派名作，新聞報導倒是每日不缺席！偶有工作空檔，話題總是由熱門新聞起頭。三大命案的兇手逍遙法外，最叫人不平衡，官兵捉強盜的傳統觀念深植老百姓的內心，加上電視開演的《包公》和《施公》總是斷案如神，難免聽到咱那黑手夥伴如此抱怨：「沒有啦！貓會咬老鼠是古早的誌啦！」

所謂冰凍三尺，非一日之寒！一個電玩弊案，牽扯出來多少警檢人員？黑道和白道同流合污，包娼包賭的傳聞，誰肯相信只是空穴來風？自誇民主自由，安和樂利的小小海島，又讓國際媒體冠上多少惡名？福爾摩沙的子民，何時在世人眼裡已不再美麗？

另個黑手夥伴說：「一粒老鼠屎，壞了一鍋粥！不擱台灣現此時，老鼠屎未免太多了。」

他說他發現一個很讓人難過的事實，假釋條例寬了又寬，最大理由竟是台灣監獄太少，容納不下爭先恐後擠進來的罪犯！三大刑案裡已知的兇嫌，都是假釋犯，關過一陣子，犯起案來更是膽大心細，兇狠毒辣！他聳肩吐氣：「以前聽過『岩灣大學』，搞了很久才知道是監獄！原來大尾流氓政府都發給文憑！」

監獄離我這循規蹈矩的黑手太遠，我一直認定監獄是讓犯人面壁思過的地方，能出獄，則必定已經痛改前非，洗心革面的變回來好人行列，看來，我不只是天真，還有點蠢！

誰說過？在世不得意，散髮弄扁舟，李白嗎？那時代沒有「移民」這回事，不合時宜的人，至多興起遁世歸隱之心罷了。現在台灣人不一樣了！治安敗壞，不適合居住是不是？移民！對岸打來飛彈？移民！心疼孩子要擠聯考窄門，擠窄門很辛苦？移民！……移民！黑手夥伴一向草根性，戀棧鄉土，我少聽說移民這回事，當然啦，另有一說是：沒錢沒勢，跑到哪不都一樣！

聽來令人心疼！

我知道，黑手夥伴和一般勞工大眾，都是社會架構最基層的磐石，眼光識見或許不能又高又遠，論起經國治世的大策，大抵一籌莫展的情況居多，然而，因為身處基層，人心世情丕變之風，感受最深最真，偶有不安，不免嘀咕幾句！

我勸夥伴莫發牢騷，去參與美術館啦，文化中心的一些藝文活動，接觸藝術，打包票可以讓內心和諧一些！我興致勃勃的朝他們解釋，何謂印象派？還有塞納河為何是印象派畫家的河流？心中最嚮往的卻是「楓丹白露」四個字。

絕美名字的這個絕美森林區，彷彿已是我心目中的人間最後一塊淨土。在那一刻，完完全全取代我一向以福爾摩沙子民為榮的驕傲。

（寫於台南）

落淚之島

「文明像一條永遠填不飽肚皮的大蟒蛇，四處探著欲望的舌尖，尋找舌噬的對象。發展到工業社會之後，交通四通八達，文明大蟒的活動範圍幾乎無所不至，加上牠的消化能力已高度機械化，胃口倍增，欲望也跟著倍增，在二十世紀末，高度的物質享受使牠演化成一條不斷創造欲望刺激消費的怪物，如今，牠的胃口已經大到可以輕易吞下一座森林，一座山嶽，一條河川……」

讀到林雲閣先生的報導文學：〈誰傷了撒拉茅的心〉，裡頭將文明譬喻巨蟒的這段文字，不禁扼腕嘆息。

前後兩年，林先生深入梨山地區的撒拉茅部落，原本為「櫻花鉤吻鮭」瀕臨絕種的命運而去，卻發現泰雅族撒拉茅部落，面臨與魚同樣危殆的處境，因為文明的蠶食鯨吞，整個族群幾近崩潰瓦解的地步！

現代文人的一支筆，遠比不上漢高祖的寶劍，可以斬蟒得天下，留下大漢天威的不朽英名。寫得手瘦眼熱了，文明巨蟒還是在海島上，一座森林，一座山嶽，一條河川的吞噬著！

看看最近的電視畫面吧！溫妮颱風裙裾邊緣，掃過大台北地區，暴雨狂風無情，掀開來人謀不臧的底牌！汐止林肯大郡邊坡錨釘，抓不住被淘空的土石一大片滑落，漂亮的樓閣因而頹圮傾斜，怵目驚心的留下屋倒樓塌、斷垣殘壁的景象！最可憐無辜的購屋者，活生生埋入土石中。

海島強勢經濟表象，泡沫般幻滅！原來，原來所謂家破人亡的悲劇，不單單在亂世發生，民生富裕、太平盛世的海島上，隱藏有同樣的危機。

台北內湖區，因為溫妮颱風帶來豐沛雨水，一夜之間成為水鄉澤國，區內一座大湖山莊，名副其實變為浩蕩平湖，許多泡水車看了叫人惋惜，令人心生悲憫的卻是來不及逃生、淹沒在地下室的三縷冤魂！

是天災！誰又敢說不是人禍？

去年賀伯颱風在南投神木村，初顯土石流的環保惡兆！文明侵佔山野，是以掠奪者的高姿態，肆無忌憚的向大自然索取資源，海島仙山過度開發，終有崩頹的一日。長年研究台灣自然史的陳玉峰教授寫道：「文明的烽火入侵，外來人口排山倒海沿隘口湧入，狠狠的注入麻醉劑，說是要啟山林，繼眉溪的慘劇，石門的悲壯之後，台灣的綠色長城逐一淪陷，后土慢慢失溫，自丘陵四肢向中央山脈最後的心臟冰涼……」

眉溪慘劇發生後，山林傾圮，大地潰爛的徵兆，依舊抵擋不住貪婪的人心和暴力，山坡地保護水土的植被樹木一棵棵剷除！在政府允許的建築執照保護傘下，一棟棟別墅陸續破土動工興建！別墅熱賣，表示台灣人民喜歡親近大自然，只不過用的是「自以為是」的橫暴方式。銷售業續長紅，建商有利可圖，繼續想盡辦法取得執照，繼續砍伐一座森林，摧毀一座山，惡性循環的結果，就是如今令人怵目驚心的電視畫面。

媒體善盡報導責任，零距離的貼近災難現場，海島仙山一年一次發出痛苦的求救聲，一年一次揭開可怕的傷口，山脈寸斷、土石流膿，能醫能治的大有為政府仍然視若無睹？聽如不聞嗎？逐利的商人，能不能稍稍停下腳步，撫心自問：何忍？

雨驟風狂時，我們這一群工程黑手，窩在工地修理廠裡待命。夥伴中有人自嘲說：「做鬼望普度，做工望落雨。」

因雨停工，樂得一日半日清閒，此樂和被關在陰間地府的「好兄弟」企盼鬼門開時大吃大喝之樂相提並論，基層心態雖不足取，然而俚諺之所以形成，卻也反證勞工階段胼手胝足難得溫飽之苦。

黑手夥伴心直口快，想什麼說什麼，另一人馬上反對：「拜託，卡有良心咧！台灣禁得起下雨嗎？甭講阮厝會淹水，這幾工，一陣風颱挾雨，就是二十幾條人命！甭擱落啦，雨好停了。」

這同事家住嘉興里，岡山地區最容易積水的一個里！老聽他說要換房子，可是舊房子一直脫不了手，他也只能嚷嚷！他說：「嘉興里淹大水，台灣父老兄弟姊妹誰人不知？賣厝？送人都沒人要！」

誰都聽得出來他話中辛酸！有人出聲安慰：「看開點吧！淹水還算好的，買條橡皮艇擺客廳就安全啦。你看林肯大郡，買到那種房子，除非先學會飛天鑽地！」

黑手不會講話，關心言語裡還是拉拉雜雜！反正操勞的身子皮厚肉粗，住嘉興里的同事倒不介意。看他四處打聽橡皮艇的價錢，說不定還真有這個打算。

我想起諾亞方舟的故事！揮霍無度，不知惜福的人類，終遭大洪水天譴！客廳裡擺橡皮艇有用嗎？當森林死亡、土石流盡，海島仙山再度陸沉，滄海一舟，將漂流何方？

沒人理我無邊無際的感慨！他們說：「太誇張了吧？台灣的山會浮起來，袜沉落去啦！就算講沉落去，也無輪到咱這代！管伊去死！」

我當然知道，菲律賓海洋板塊和歐亞大陸板塊仍持續衝撞擠壓，海島造山運動未曾稍止！然而冰河期呢？地球曾經兩度冰河融解大地陸沉，第三次冰河浩劫若提早來臨，原因絕對是出自人類對地球環境肆意破壞的結果。

人生不滿百，無法體驗和見證以十萬年、二十萬年計次的天譴玄機，只我這黑手看多了環保書籍，採證力辯，徒留夥伴們「杞人憂天」之譏！

的確輪不到我們這一代！我們這一代也還不會看到中央山脈的心臟冰涼！但這個海島已經脆弱到每一陣風每一場雨，都有人因風雨肆虐而掙扎呼喊，而傷心落淚。

我們交給後代子孫的，就是這麼一座落淚之島嗎？

（寫於台南）

青山冷眼

入秋以來，近些日子早晚略有寒意。風微涼，天闊雲高，天象已顯曠渺高遠之韻。人到中年，算算，歲月季候也該走到秋季，若說我對秋天的來到，比較容易感應和感動，也屬正常。

欲語還休，卻道天涼好個秋！文人多愁，只因別有懷抱，落入世人眼中，總有矯情嫌疑。坐落半山腰，以貨櫃搭建的工地宿舍區裡，工程飄泊的浪人，習慣淡菜濃酒，度那荒莽長夜。我呢？不理一室喧嘩，戴起耳機，面壁讀書寫稿，有點累有點倦不想聽音樂，我會拿著吉他走出室外，自己彈曲作樂。於是我看見上弦秋月，如鈎，天地簾幕才拉開來的，清朗。

同是黑手夥伴，慣看我孤來獨往，也知道工作和寫作是我的職業和志業，他們給我正面肯定，卻難免有時候還會挑逗我：「喝酒唱歌，去啦！有伴較熱鬧。」

富裕繁華的海島仙鄉，早已城開不夜，霓虹閃爍出任何低迷綺媚的風情，都不足為奇！他們去唱歌的地方，不僅酒味，還有粉味！工作空檔，聽他們聊天，總也會聽到他們笑謔的蹦出一些煙花女子的名字，就像冰冷的雪地上，輕輕躍跳出來一隻小白兔。他們說找個搭心的女子，日子才好過！

也不知他們玩真的玩假的！不在煙花深處覓知音是我的堅持，我並不寂寞，我有文友和讀者來信。筆墨魚雁，拉開形體面目的距離，反倒直指心靈，一本書，一次感動，甚至某一件引起爭論的社會案件，都可以抒發不同觀點。在這個人際關係習慣戴著面具眉眼相見的世代，也許只剩下文字，文字才能代表真心話。

前一陣子，以菩提系列一書，被譽為「台灣良心」的作家，鬧了婚變！離異後再娶，而再娶的新娘子已懷身孕。知名度高的公眾人物，成為媒體注目的焦點，正常！茶餘飯後，成為群眾不負責任的評斷議論，更正常！我的文友來信提過這件事，反應呈現兩極化。

「當夫妻理念各異，形同陌路，只剩下婚姻制度維繫形式，敢為真愛打破枷鎖！必定具足大智慧！更何況身為公眾人物，背負社會輿論和道德的壓力，猶敢掙脫，更需絕大勇氣。所謂愛憐，真愛和憐憫之間分寸拿捏得當，都不辜負，就已是仁人君子，他不也為前妻妥做安排，按月付贍養費了嗎？」

這文友是個走出破碎婚姻的女子，當她擺脫令人窒息的婚姻陰影之後，終於發現，一個人的天地更廣闊，更自在！她因此投同意票。

另一名文友年輕，涉世未深，她同意愛情不是一紙婚姻證書所能規範，但發生在制約外的愛情，是不是真愛卻值得懷疑！許多罪惡假愛情之名而行，說穿了是徹底的自私。

她說：「一個人如果言行不一，他的話又有什麼說服力，把理想定得很高，誰都會，問題是幾個人能做到？我記得他書裡寫過，寧可自己萬箭穿心，不忍傷人一絲一毫！如今萬箭穿心的是誰？常聽人說愛情無罪，為了愛情，輕易拋棄為他生兒育女，陪他走過二十年的結髮妻子，這樣的愛情無罪嗎？他沒錯，他的妻子就活該承受傷害嗎？」正反兩極的評斷，都摻雜入主觀意識，表現出她們生命堅持的風格。我也提出我的看法，關於愛情和婚姻，她們說我的個性屬溫柔敦厚型的！愛情和婚姻，若兩者能夠融合，即如詩經上說的「死生契闊，與子成說，執子之手，與子偕老」，值得祝福喝采。然而當兩者背道而馳，各走向天平兩端，卻唯有身受者才知輕重取捨，旁人其實無法置喙！即使是隱私權被侵犯的公眾人物，其內心深處的轉折，也只有他們最清楚，選擇離異，必已經過一番痛苦掙扎，旁觀者任何功過評斷，都只會造成二度傷害。

我們的社會和群眾，都該學習「寬容」兩字。

前不久，黛安娜王妃車禍喪生的消息，震驚世人！據報導，黛妃為了擺脫專門獵取公眾人物隱私鏡頭的「狗仔隊」，因而超速失控！讓一個舉世聞名、風華絕代的女人如此遽爾萎落，一時之間，「狗仔隊」成了過街老鼠，人人喊打。

黑手夥伴不用說，市井俠氣發作，要不是法國車禍現場太遠，拿根棍子也趕過去了。世人交相指責，然而狗仔隊媒體也有話說！它只是把群眾最想知道的事實，忠實呈現。一份報導名人隱私的小報，銷路奇佳，的確足以證明群眾偷窺心態！修理廠裡黑手夥伴個個義憤膺胸！我嘆口氣，走出室外。

修理廠搭在小山斜坡，一出室外，可見秋日雲氣，撐開天幕、關廟地區的竹林果園，在眼前寬闊開展。百年人世，浮浮沉沉，歲月長河裡的美麗浪花或微弱泡沫，都瞬息幻滅，唯青山冷眼，如山不動。

人啊，為什麼不去學習山的沉默？

黛妃在西敏寺與世人正式告別，結束她光芒燦爛的一生，全球超過二十五億人觀看這場世紀葬禮，她的靈柩將移往一個湖心小島。生前被世人眼光追逐騷擾，無片刻安寧，死後無知無感，世人才懂溫柔。給了她一片淨土，黛妃若有一絲遺憾，人間淚水流成江河，也難洗清。

身為王妃，母儀天下的壓力，並未拘限黛安娜奔放的靈魂，然而她每一件愛情故事，也總讓人心利箭無情射殺！或許，世人一面譴責她離經叛道，卻也私心激賞她敢於爭取自己靈魂完整的自由和愛情，才顯現愛恨難分的情緒。不管如何，她只是一名女子，一名尋情覓愛的勇敢女子，窺私心態的眼光如箭，卻將她射殺！

我彷彿看見了公眾人物，亮眼身軀面目底下的——陰影。

黑手夥伴談論過黛妃殞落的新聞，午飯時間已到，他們呼喝著搶便當吃便當，草莽小民沒有陰影追隨，如此實在平凡生活，論快樂，也不輸了那光芒萬丈的名人。

竟有幾分慶幸，我是一個認份的黑手，和夥伴一樣單一純淨，至多，因為寫作，多出一雙冷眼罷了。

綠林豪傑

今年的梅雨季，不同往年。

清明時節雨紛紛，路上行人欲斷魂，「欲斷魂」的景象描述，說的是毛毛雨，如泣如訴，這種濕答答的梅雨天地，除了掃墓，古人是不大出門的，即使有，也是三三兩兩，隱現在迷濛霧雨中，恍若遊魂。不掃墓的路人何事出門？沽酒買醉吧？末一句不就是「牧童遙指杏花村」嗎？

梅雨季到了，工地濕滑，載料卡車爬坡，有點困難，重機械土方填實滾壓，只會弄得泥濘不堪，綿綿密密的梅雨一日不停，黑手夥伴就只能窩在修理廠裡，學那三姑六婆，整日打屁鬥嘴。

我不大參加龍門陣，因為我正偷閒重讀《水滸傳》。掙開天羅，闖破地網，一百零八條好漢齊聚梁山泊的故事，比起黑手夥伴聊天的內容，理所當然更吸引我。

我看古書，看施耐庵藉一枝筆，大膽揭露官逼民反的當時現象，同事們從凍省修憲各抒己見，胡亂扯到各家廠牌轎車的評鑑。修理廠的鐵皮屋頂，很盡責的傳真外頭響亮風雨聲息，「風聲雨聲讀書聲」，指的是我，「家事國事天下事」說的就是我這些胸無城府、口無遮攔的黑手弟兄了。

偶爾一陣急驟的傾盆大雨，鐵皮屋頂上恰似萬馬奔騰，我被吵得闔上書本，夥伴們暫止聊天，在這一刻，我們的想法倒是一致的：今年的梅雨，果然不同往年。

初梅時雨絲不斷，只稍稍影響了工程進度，落梅時節，下了一場豪雨，一日一夜降雨量達四百多公釐！卻讓工區邊緣最低漥的一處村莊，成為水上人家！

許縣溪暴漲，枯枝垃圾堵住了施工道路堵設的排水涵管，許縣溪畔新和莊二十幾戶居民，半夜醒來，發現黃濁泥水正迅速抬起沙發桌椅，淹沒電視冰箱，機車和轎車潛入洪流中浮浮沉沉！小村居民倉皇如熱鍋沸水邊的螞蟻，四散逃離。

雨停水退，新和莊居民回頭檢視滿目瘡痍的家園，當真是悲憤交集！許縣溪蜿蜒新化關廟山區，洪水挾泥帶沙，讓原本疏於整濬的河道暴漲，這一點誰都知道，但傷心憤怒的居民這會兒齊齊把矛頭指向施工中的南二高！老天下雨過量，沒法子討公道，鄰近的國道建設，跨溪越澗施工，再怎麼小心也難免影響，正好求償。

村民凝聚共識，即成民意。自從政府落實民主，上位者以「民之所欲，常在我心」自勵自勉之後，民意威力銳不可擋！幾通抗議的電話打到施工單位，這回，是我們施工單位主管成為熱鍋螞蟻了。

謙和隱忍的林沖，雖是東京八十萬禁軍教頭，然而，高俅貴為當朝太尉，卻是他的頂頭上司，高俅的義子垂涎林沖妻子的美色，仗勢百般迫害……我收起《水滸傳》。林沖終究會憤起反抗，然後頂風冒雪，連夜投奔梁山泊。不過我暫時沒時間看了，咱主管下達動員令，黑手弟兄開始準備發電機、抽水泵等等機械，要以機械配合泰國工人，協助清理新和莊的災後家園。

這算是施工單位敦親睦鄰的動作，責任歸屬問題延請專業技術人員檢定，受災戶開始羅列索賠清單，並催促施工單位召開協調會，我在修理廠聽著黑手夥伴議論紛紛，他們熱心勤快，打探消息一向比世事不管的我，來得靈通。

「事情不大好處理！有一家工廠開口索賠就是大價——一億，這價錢有得殺了。」

一億？當然是黑手眼中的天文數目。

抬槓是黑手本性，有人接下話題：「一億算什麼？人家有本事開口，就有本事列出清單，道理講不贏人家，十億也得賠。」

「清單沒準啦！彼莊裡的人攏講是善良人，歹命人，清單列出來，沙發兩萬三萬，衫褲一領四千五千，精神賠償愛幾萬幾萬！拜託咧，給水淹過的物件攏卡值錢？擱有，咱做黑手的知道，車泡了水，修理清洗換零件，五萬元足足有餘，竟然有一部中古裕隆泡了水，開出來的價錢是二十五萬，人啊，現代人看到錢，頭殼就壞去了。」黑手胳臂很正常的往內彎。其實在目前這個競逐利益的社會風潮下，如此清單也算正常，說話的這人，後頭的感慨大可不必！

所謂協調會，就是雙方經由開會協調，找出雙方都能接受的路子走，「漫天要價，就地還錢」屬生意範疇，在協調會上只增加折衝的困難度。果然，協調會連著幾次宣告破裂，黑手幾個包打聽又傳來消息：掛白布條了！村民並且已封鎖施工道路，賠償問題沒解決前，人車不准通行！

近些年來，抗爭遊行事件，在海島上層出不窮，這是國家進入民主制度必然的陣痛期，過程雖痛苦，卻是可喜現象。我比較不同意的是非理性的抗爭行動，很容易受到有心人士的擺布！民意若成為少數人的政治籌碼或談判牟利的籌碼，這樣的民意，絕不該鼓勵！

我去看村民封堵施工道路的現場，白布條上聳動霸氣的大字，強橫的圈住重機械出入路口。同行的夥伴說：「台灣除了民意外，沒有法律了嗎？是非對錯還沒定論，說封路就封路？國家建設呢？工程進度落後誰負責？這跟佔山為王、落草為寇的綠林行徑有何不同？」

看《水滸傳》，欣賞綠林豪傑敢向腐敗官府抗衡的勇氣和志氣，至於現在抗爭行動，不比書中文字來得磊落純淨。我尚未釐清封堵國道施工，合不合法？不敢置評！只能聳聳肩，陪著我那黑手夥伴搖頭嘆氣。

協調會還是三天兩頭舉行一場，折衝過程漫長，被迫停工的黑手弟兄仍窩在修理廠。梅雨季過了，「六月火燒埔」的施工好天氣也虛度過去，七八月的颱風季西南氣流旺盛，風風雨雨別說了，工程進度非落後不可！

如今，一本《水滸傳》早已看完！梁山泊英雄接受官府招安，悲慘結局令人扼腕！也許，哎！現代綠林豪傑學聰明了，也已懂得不妥協才有生路！誰知道呢？我耳裡彷彿還聽得到英雄好漢們攔路放歌，其聲悲壯蒼涼：

此山是我開，此樹是我栽，
要從此路過？留下買路財！

父子英雄

我們這一群在關廟南二高施工的黑手夥伴，偶有工作空檔，第一件事就是搶報紙。舉凡政治、經濟、影視、體育都有人關心，社會版新聞更是關心之外可以拿來抬槓的話題。我不必搶，黑手弟兄不小心拿了藝文副刊，都會丟給我：「這款文章阮看無！來，作家，你的報紙。」

我眼睛看著副刊小說，耳朵聽著夥伴們邊看報紙邊聊天。

「有啥米大代誌嗎？」有人問。

「有！講出來你別生氣。飆車族深夜圍攻警察分局！不知道有沒有你兒子的名字！」有人不懷好意的回答。

每逢周末，海島中南北深夜街頭，總會不定時出現飆車族！三五個騎著改裝過的小綿羊機車，叫囂馳騁，然後，一些深夜仍在外遊蕩的青少年也逞強加入！變成三五十個囂張的機器野狼，闖上快速道路險象環生的與汽車競駛。是真的囂張！聚眾喧嘩，對汽車駕駛和路人暴力相向的傳聞，常常披露在社會版面。警方辛辛苦苦布下天羅地網捕捉滋事份子，卻惹來飆車少年攻擊警察局！如此藐視執法公權力，不免令人懷疑：咱這些未來的國家棟梁，腦袋瓜子裡到底在想些什麼？

黑手性情魯直豪爽，我也是習慣不懂就問：「到底是什麼原因？青少年會去選擇飆車，誰知道？」

「想出風頭吧！這些孩子可能在學校、在家庭都不被重視，不被重視的原因可能是功課不好，所以選擇如此離經叛道的行為引人注意，說穿了，這是缺乏關懷的一群。」

「半夜了還在外頭遊蕩，沒有大人管，這些孩子的家庭本身就有問題，問題家庭出問題少年，說起來還是大人的錯！」

「現在的孩子很難管！交了壞朋友，父母的話當耳邊風，社會上屬於青少年誘惑的場所又多，可憐天下父母心，要怪，怪這個不正常的社會啦！」

「我看是教育制度的問題！今年高中聯考一百人才取三十個，剩下五專、高職，除了幾間好學校，至少一半的國中生，心態上已經認定自己是放牛班了。這種被遺棄的感覺很可怕，不是青少年能接受，問題應該是出在這兒才是！」

黑手夥伴熱烈發言，聽來都有幾分道理！記得有一次跟兒子聊天，我也提到飆車。我說晉朝孫康映雪讀書，車胤囊螢照書，再艱難困苦的環境，肯上進終有辦法，所謂「三更燈火五更雞，正是少年立志時」，把大好時光拿到街頭飆車，豈不是自毀前程？

我那小子聰明善良，對著老爸硬梆梆的大道理猛點頭，然後回答：「他們的想法不一樣吧？我不知道！我只知道我若要拚一部新型電腦，聯考成績就不能太難看。」

這是孩子和他母親的交換條件，也算利誘吧？我雖盡量激發孩子勤奮向學的志氣，看來還是比不上一部電腦的獎勵，來得實際。

世代不同了！我自己那幾分文人風骨，顯然不大合時宜。

從飆車話題，黑手夥伴轉到教育制度改革的政策面，每個人都相信前教育部長吳京，確實有心大刀闊斧拆除聯考窄門！並且給予高度肯定。黑手弟兄裡有人女兒在這個炎熱的夏天裡，不僅是烤季，還是考季！他請假去陪考，搧扇子遞茶水，忙了兩天後回來，沮喪得很！好像才打過一場敗仗似的。

他悶悶不樂的樣子太明顯、引起夥伴們關心和勸慰。考差了是不是？找家好一點的補習班，明年再來！」

「還沒放榜，分數可能大爆冷門，現在擔心太早了。」

「看開看破！一枝草一點露，囝仔若乖巧，也不一定非擠聯考這門不可。高職商科可以考慮考慮。」

一人說一句，要他歡喜寬懷，他那兩道濃眉，還是打了個大大的結，鎖在那兒！

「我女兒竟然會離家出走！」好一會兒他才說出真相：「她媽媽只是要她估計考幾分，第一志願有沒有問題，關心嘛，兩個人就吵僵了！我說了她幾句，沒想到她真的離家出走！現在的孩子，怎麼會變得這麼不懂事？」

賭氣的小女生，躲到同學家，終究還留下一些線索讓父母親找得到，並且嘟著嘴回家。這個黑手父親說起到處打電話尋人的過程，還差點掉淚！

他苦笑嘆氣：「明知道我女兒連摩托車都沒摸過，看到飆車的新聞還是胡思亂想！萬一她交了壞朋友，什麼事不可能發生？」

真是可憐天下父母心！焦急惶惑的心情，在找到孩子的一剎那，都已忘記。而孩子呢？明知道父母親會擔心，為什麼還是悍然不顧？聯考壓力竟是巨大到能夠扭曲孩子原本單一純淨的天性嗎？

我想到我的職業，工程黑手，大半輩子追隨著機械履帶痕印，遍走海島各處！一個家，倒成了我的驛站。除了交出全部薪水，孩子成長過程的噓寒問暖，責任落在妻子肩頭。山水飄泊之際，這一份歉疚感總是如影隨形！幸好，我和孩子的感情一直不錯。女兒甜膩纏人，好不容易盼著老爸回家，話特別多！男孩除去功課壓力，對天文地理興趣高昂，甚至金庸武俠、水滸三國都有涉獵，這些是他母親眼中的雜學，也只等我回家，他才算找到研究討論的對象。當然，必須是他妹妹撒嬌撒夠了才輪得到。

談天說地，這孩子顯得學識淵博，才氣縱橫；論江湖人物，論三國武將時，這孩子遺傳自我的幾分武人性情顯露無遺，說得興起，我們還會拳腳相向。

他小時候，我可以坐在沙發上不動，遮攔撥擋任他出拳踢腿！現在可不行，這時代豐衣足食，孩子發育良好，兒子已比我這老爸高出十公分，出手又重又快，我必須加上身法步法，才能保有絕對優勢，指點他的拳腳破綻。

父子英豪，肝膽相照，我想，我要培養的是孩子的浩然正氣！或者，就算他學到的是書本中劍客武將的磊落俠氣，也行！當個好漢子，總不屑以飆車這等行徑去逞英雄吧？

夥伴們話題又繞回來飆車事件，並且慶幸他們沒有飆車兒女，有人把燙手山芋丟給我：「作家，你講幾句話！囝仔郎愛怎樣教，才袜去飆車？」

「你們都不會去飆車吧？」他們當然不會！我說：「子承父業，薪火相傳，傳承的是性格和志趣，想辦法讓兒女認同父母不飆車的理由，就不會有飆車的兒女了，聽無？去接近孩子，關心孩子，身教重於言教，就這句話。」

多少莘莘學子，依循正軌行走，那些飆入岔路的青少年，究竟是極少數的比例，該覺醒的也是這些少數另類父母！當他們聲色俱厲或淚流滿面的從警察局領回飆車兒女，有沒有捫心自問：我了解孩子嗎？我多久沒有看見孩子眼底的信任和甜蜜了？我——還愛著孩子嗎？

（寫於台南）

廿年雨路風塵

1 韶華・說不完悲歡

雖說，流水華年舀不起一瓢青山鴻影，回憶亦無非是覆水難收的冷酷，積禪園那一場小學同學會，我還是去了。

人常幻想時光倒轉，則一切可以重新來過，這一次，事事將完美無缺，我不喜如此。像下棋，悔棋最沒志氣，倒不是為了作大丈夫，而是知道世事原就起手無回。我聽著，滿座嬌慵眼媚的少婦，瀝瀝聲聲說一些黃毛丫頭的事；我瞧著，昂首彈衣上征塵，頰邊風霜，暢懷朗笑的男同學，唇張齒開難掩一股為衣食生計汲求的塵色。

不再年輕，不能再年輕，這撈什子同學會喧喧嚷嚷的，說的都是這般惱人真相。

其實，坎坷自心領過，與時間相持二十載，乍然回首前塵舊事，恍若隔世一女子相招相喚，便情欲寡，面凝霜，也自難得。

老師須得加個老，老老師被請來說幾句話，掌聲轟天價響，末了再上一段聽慣了的平劇唱腔，繞梁尾音顫顫波波，煞不住一番淒涼。那時節，才隨軍渡台的老師，氣宇軒昂，山東大個頭，在眾家毛孩子眼中是條人中龍。主教國語文，最難忘迢迢故園鄉愁，一峽煙波離亂。

鳳凰花木下，教室迴廊間，老師獨行獨吟的平劇音韻，融入歷史悲情，當時哪裡能懂？另一個教算術，初中聯考的第一志願必須考上百分之幾，數據心頭算計之後，粉筆黑板諄諄善誘，竹板子加紅燒屁股重覆說明恨鐵不成鋼。一籠雞兔算不清楚的，可恨死他了，黃口白牙七嘴八舌，皆冠以「壞狗」而不名。

一個魁偉溫柔。一個削矮，卻潑辣辣欲挽狂瀾，一文一武，一白臉一黑臉，把個小小學校舞台，為升學，為補習，人物場景指使得四面奔忙，一場春秋戰國的戲。

戲便戲罷了，舞台上人來人往，走去了歲月，說不完悲歡。兩老師眼下雲集冠蓋，叱吒風雲和跳梁小丑這等極端人物，都不曾出現。午夜捫心，算也是心安，心安了吧。

2 宿緣・數前塵如夢

積禪園端出快餐，一桌子細瓷刀叉，挾著喁喁低語，要把往事情懷切割解飢。男女同學輪流起立，以舌上三尺青鋒，自說自剖。鳥鳴箏箏，伐木丁丁，各有一番動人心弦處。多少的錦繡河山，人才歲月。

忍不住要這樣想我的朋友我的世界。說話聲，腳步聲，雜雜沓沓，窸窸窣窣，在我一方天地裡闖進闖出。當時也撈了幾個生死之交，至於怎麼開始論兄稱弟的，於今不詳。

倒記得初次見到志如的印象，海角頭遮了一半白生生的臉，髮一甩，露出一對精靈刁鑽的眼。鄉下小學生哪個不沾點泥巴土味，偏他沒有。

他慧眼能識英雄，期末我上台領了獎狀，他這才曉得我渾金璞玉，難掩光華。窮富兩小子，就這麼湊到一塊的。他家不加番薯的白米飯，我喫過一碗，至今難忘。

國地儀表堂堂，短壯篤實，操場鬪起牛來，是刀斧不傷的金鐘罩。猜拳分隊時。每個人都盯著他出黑出白，這關係著戰利品，為了多得些橡皮筋，便不是兄弟也兄弟了。

至於丫頭們，尖牙利齒的有，心眼窄窄、動不動就哭的有，都招惹不得。

月意瘦條個兒，功課一級棒，是我一路追趕不上的舊恨，新仇是慧婉，粉妝玉琢的模樣，罵起架來，脆嗓子辣辣一路都是刀法。偏是冤家聚頭，初中時又同了班，擠了一年半載，前胸貼後背的公路局車，我初長的青春痘兒見了她，躲也沒得躲。慕少艾的情事，全啞了口。

慢慢的，高中、大專，各走向各的獨木橋。人世風景是平林漠漠，芳草萋萋；姻緣聚合，是煙灰飛盡，眉眼有沉，都自領宿命的牒文，生生受落。偶爾陽關道上，車喧人嘩裡，猛回頭，依稀一張相熟的人臉，入眼存心，便只能在靜夜裡獨祝雞啼，細數如夢前塵。

真是如夢，二十年兩路風塵，如露亦如電。

月意、慧婉，執起教鞭，化育莘莘學子，這會兒也不知打不打人！老如正徘徊在生活的轉折處，去了不愛的舊識，新工作還在眉上酙酌。國地亮出業務經理，正是妙語如珠的高手，滿屋子繁華熱鬧，大抵因他而起。

笑聲轟轟，整個人世也轟轟，大聲而實在，彷彿人就能藉著周遭的聲光彩色，來肯定自己的存在，為什麼我影影綽綽，總在眼角瞥見一個巨大的陰影，提了個叫做時間的大籃子，快快樂樂笑不完他世代的豐收？

久處文學的寂天寞地，我，我是漸漸走到荒涼的路上來了。

3 逆旅・江湖奇如萍

貞姬多情人，手提包裡捧出一張泛黃的相片。應屆畢業生，疊疊層層站在校門口的大合照，難為她保存得不折不損，互遞爭相傳看，眾指紛紜說童稚，有圖為證。

我在人叢外，冷眼看那歲月紛紛醒來。衣上酒痕詩裡字，皆是惘然。於我來說，往事原是荒蕪邊陲的燈，一盞盞遙遙照我韶華，怎麼如今卻簇簇的在我眼瞼下燃燒起來？

其實，懵懂年少，最是無憂。是一生僅有的喜樂。茅簷土壁嫌窄，便青天綠地，一廬一被，聽蛙鳴蟬嘶魚躍鳶飛。昏燈昧昧，看不來黃紙蠅字，還有星繁螢光齊來相陪讀書。鄉下四時瓜菓滿坑滿谷叫賣，撿那蟲蛀鳥啄的吃來更甜，也不捱罵。龍眼荔枝掛在樹梢，只要有猴兒的身手，管他誰家栽種。

少時對花渾醉夢，而後便得醒眼。

醒眼，看南台灣的烈日刺痛叔伯姨嬸的背脊，聽無情風雨擊打吐蕊抽穗的莊稼，夜裡，蒙被掩耳，還聽得父母嘆貧窮聲聲難耐淒涼。便任眼成天池，翻山而出成長江大河。

一個倔字，傳自父親，填高中聯考報名表時，無言走出教室，抿痛了嘴，不答老師繞舌追問緣由。高中大學七年漫漫，要添父母重擔千幾斛？為求一技著身，悍然報考職校，兩膀氣力未足，一心要扛那一瓦一杓的家計艱難，那個孤立的少年，從此步上任性的懸崖。

年歲去來之間，人海江湖，寄一身如萍。水驛山郵託付流浪蹤跡，讓人安心。偶自羈旅途中歸來，束翼歇落黃昏古厝。而燈黯影昧，低頭可見母親華髮早生，皤皤若雪。父親竹椅瞑坐，削瘦容顏上一紋一路，歷歷分明。驀然回首，門外三合院落，斜映殘陽如血，這才楚楚醒覺，生命的輻輳，正在燈火闌珊處。而雙老兀自笑語，無爭無求。

老師湊興，也來看他們當年意興風發。相片裡第一排正中央，笑呵呵的劇中主角。「不饒人哪，歲月不饒人。」嘴裡說著，長嘆也不知息。卻見唇角微漾，眼裡粼粼波光。竟是無限好斜陽的寬懷，一如我鄉間父老的神情。

麗雀才剛有了一個四個月的女兒，哄慣小娃的嘴巴最甜，一疊聲「老師還沒老」的謊言，說是脆脆生生。不是還沒老，不捨得芳菲年少，是自己不肯長大罷了。

柔情似水，佳期如夢，一別二十年重相聚首，紅顏白髮各自風華，這辛涼熙攘的人世，竟似一場佳期盛會，教人眷戀不住。

4 傷別．青衫行漸遠

真是眷戀不住，離別時，便長亭更短亭了。

積禪園庭院深深，嬌兒嬌女相攜倚肩拍照留念，紙筆匆忙，要把他日之約，今宵一字一句刻定盟誓，待得十里紅塵往來，倦極累極時，能有一雙手互握唏噓。她們情纏意綿，弱水三千迢迢不斷，還作繞樹三匝不肯遽去的啾鳴。而我立在崖頭，看兩岸青山行行漸遠，這別離依依，依依離別的滋味，我早懂了。

就是那懸崖年少，一意獨凌風雨，揹起行篋，從此慣走了他鄉路。停舟煙渚，客愁日暮，離恨和歲月漸漸一般長短。百里是天涯，萬里也是天涯，只有個家，多年來始終懸掛著，不知說過多少遍，後會有期。

然而，果真後會有期嗎？猶記得沙烏地阿拉伯風煙塵漫，一封電報，招我飛越千山萬山，和祖母待得相見，卻已是一生一死的重逢，一陰一陽的乖隔，呵！

情何堪，黃泉碧落，天上人間！

人漸散影漸杳，就有那情長的，也邊走邊談，今宵別後，明日天涯，平蕪盡處猶有春山，此刻，無計留春住。

一步跨出，門外，街車正自流轉，紅塵奔忙。

路向兩頭，我是揮手？不揮手？

有情篇

1 倦天涯

天涯，究竟它的空間距離是多少？

有人說，天涯若比鄰，那麼依現代的建築結構來看，它恰好是兩塊磚頭的寬度，另一個成語是咫尺天涯，這就比較能確定是——僅只一尺？

可是天涯明明代表遙遠，而且遠得讓人有難以跨越之苦，日暮天涯這一句把落日和天涯相提並論，對短短百年的人生而言，地球到太陽這段距離，算得上是無限大。

可遠可近，這是結論嗎？

或許，只有流浪的人才真正瞭解什麼是天涯。他鄉夜雨孤燈下，父母皤皤白髮是天涯；異國荒漠中戀侶清減的容顏也是天涯，只要是阻斷在雲煙遙處的親情牽緣，就是浪子的天涯。它，應該對等於思念的長度。

沙烏地的工程還沒有結束，有個同事才來半年，就一再遞上報告，寧願自付一趟機票回國，也因為接替的人手湊不出來而一再被拒絕挽留。

於是，當大漠風砂稍止的黃昏降臨，就會看到他獨自走出營區，漫步在一片淒涼的暮色中，直到弦月初上。或者偶爾沙漠風暴起時，被砂風黃霧逼在寢室內的人，也會看到他撿拾抽屜內一張張台灣帶來的相片，那是他和一位長髮少女徜徉山水之間最燦麗的誓言盟約。

當報告書被批准，機票護照日期確定，他終於回國了，終究他還是趕上了這個女孩的婚禮，他是回去喝喜酒的——新娘和新郎都是他的好朋友。

那時，天涯是他眉際深深鎖住的哀傷和疲倦。

2 西風白髮

回國的人回國了，留下來的都有所執著：房子貸款未清；存摺裡的數目還未到預期的水平。也沒有什麼不好吧？這的確是一份高薪水的工作，而且只有一個小小的要求，那就是沒有厭倦天涯飄泊的權利。

由公司派到海外支援工程，都以專長選取，做的是熟悉的工作，原有的經驗可以讓工程進度不致躭擱。不同的是必須學習去瞭解詭譎多變的沙漠。沙丘盡頭若起一團黑霧，那麼。躲吧！那是砂暴。和龍捲風的威力相較不遑多讓。極寒或酷熱的溫差，只是考驗身體的適應力而已，要小心的是那沙地灌木枯枝下的毒蠍，誰都經不起它尾巴那把高高翹起的小剪刀。

最難防備，也最難適應的是情緒。偌大的管區內，若你遇上放棄冷氣閱覽室：放棄史諾克和視聽錄影帶的人，那一定是剛來不久的同事，請勿打擾！他還有一籮筐的鄉愁，正沉默的問星子問月亮，討論著要如何在這般的暗夜裡把它偷偷倒掉。而你，你永遠幫不上忙。

或著，「老沙」是唯一的希望，八年的沙漠風煙在他眼下等閒度過，換來每個人對他的欽佩和這一聲「老沙」的讚語。多少同事苦臉愁眉，都在他嘩嘩的笑語裡紓解。他是一個快樂的飄泊者，他的寢室是同事們最愛去的歡樂窩。

敲門進去，老沙正就著桌燈，和一塊左顧右盼的鏡子，忙碌的要把他那頭花白的髮染黑。一邊愉快的告訴我，他桌上那罐染髮劑的好處：包括永不褪色；包括可以滲透到髮根，讓新長的頭髮還是黑的。目前，他的頭髮已習慣用這種品牌。

知道他染髮和看著他染髮的感覺完全不同。甚至我開始懷疑，他那平時相見的哈哈哈，就是他最好的染髮劑，讓我們看不到藏在髮根深處，悄悄滋生的，灰白灰白的寂寞。

蝶愁黃花，西風白髮，攬鏡自照風塵滄桑的容顏，我說，老沙，八年來，你究竟換過多少種牌子的染髮劑？

3 長亭更短亭

手下幾個泰國工人，就屬他內燃機修理技術最好，我是捨不得讓他走。可是契約書上寫的好好的，泰國勞工一年期滿休假一個月。這個假是他們千盼萬盼了一整年才等到的。我沒理由，也不忍挽留他。

臨走時，他到我寢室裡和我揮手道別：「阿詹，澎擺跳泰蘭。」四十幾歲的黑瘦身子飽漲著歡樂，自眉梢嘴角肆無忌憚的溢放出來。

一個月後，他拿了幾顆「當歸頭」和一雙象牙筷子，又來敲我房門。「澎瑪談安。」他說。一個月不見，他胖了也白了些。原本純樸的眉眸也多了些溫柔。而我明白，接下來的漫漫長年，會把這份情思逐漸消磨。

三年多了，我也休過三次假，我很明白長亭短亭的送別滋味。悲離，悲離。折斷灞橋十里楊柳。無語凝咽。依依相招的翠袖揮動了古往今來最黏纏的情感。浪跡天涯的人誰不嘗過？

泰工呶呶不休，在他攤開一桌的相片裡尋找；這是芭泰雅白色沙灘的椰風銀浪，這是清邁的翠巒青山，曼谷燈光樓影，我半懂不懂的和他交換故國懸念的心情。而相片內每一張臉都笑盈盈的，他是最快樂的主角，扮演著一齣重逢的喜劇。

幕落了！鮮衣駿馬的仕子回首千里，長亭短亭都在芳菲盡處。而眼前這位主角，就只好在這沙塵旱漠裡，懷想他那山青水綠的家園。

送他出門，沙漠星空低垂，月，好圓好亮。

無緣篇

0 緣起

第十四層的帷幕玻璃外，黃昏的海港落日，沉入蒼茫暮影裡，看著霓虹由稀疏而密，由黯淡而明亮，直到整個港都街景在燈火中簇擁的沸騰起來。

你的咖啡涼了，太平洋西餐廳的冷氣，在桌上椅下帶走所有的溫暖，薄薄的絲襪，裸露的肩膀，擋不住透骨寒意。服務生來來去去添了許多次冰開水，他們詫異的眼光要如何評斷，這個孤獨守住寒涼的女孩？

你，就只你捨得讓我這般苦苦等待著！

你並不曾答應要赴約，甚至你不能確定我會不會一個人來到這兒，在相同的位置為你叫同一種咖啡，電話裡忍住腸斷心碎，只向你說，我想去聽小提琴，就切斷電話，你來或不來，在那一剎那我是真的不在乎。

認識你之後，我就不在乎宿命對我作何種安排了。你那風塵滄桑的容顏，只讓我想貼近你撫慰你，一任自己生命的輕帆，在你深沉如海的眸中沒頂。

你不是一個縱容自己的男子，而我卻是一個寧願錯愛的女孩。信誓旦旦的要成為你黑暗中的戀人，並且在這彷彿一生一世只愛一次的絕望裡，把所有熱情傾注。只要，只要你寬容冷靜的眸光，偶然漾起一絲絲溫柔。

我愛看書，李昂，廖輝英的，並印證那些外遇的模式，可是，我還是確信，我們如此特殊，你是君子，和那些故事中的男子不同，你說過，不願讓肉體的欲望塗染心靈摯愛的清新容顏，而我卻幾次怪著你，嫌棄我曾經年少失足後，不再完整的身軀。

就在這兒，在小提琴流瀉的嗚咽裡，向你泣訴過去的噩夢。破碎的家，和那魔魘般的年輕戀情，期盼你睿智的提昇我走出陰鬱的過去。那是一層層把我青春歡樂罩住糾結的網，我無力掙扎。

緣起於你抽絲剝繭般的細膩，而我，我呵，卻又悄悄的吐著情絲，像一隻自縛的春蠶。

1 緣定

終是忘不了，牽扯著你的手，那種甘被掌握的依賴，偎入你懷中，像個向幸福撒嬌的女兒。人世辛酸都化作雲煙，我是貪戀那樣的感覺，而對你作無度的需索。

你也總是大度的陪著我，任由我山青水綠處徜徉，任由我在繁華市街裡踏遍霓虹。只有當你在家庭羈絆中無法脫身而去時，才讓我感覺到終將幻滅的愛情真相。再度見面，總要用清淚沾濕你的胸膛，我是真心的悲苦，可是我忽略了你抉擇的苦楚。一個你瞭解深情任性的女孩：是你不忍割捨卻難接受的塵緣。

直到那一次，陪你去看病，胃病。醫生肯定的說：「是情緒焦慮引起的症狀。」然後，那洞悉世情的眼光悲憫的掠過我，那一剎那，迅急湧上的淚眼和碎心的疼痛裡，還聽到你輕輕的喚了我一聲，我懂，我懂，我懂得！你總是沉靜的擔負著你和我的心情，卻從不肯吐露一些辛苦。

而命裡注定的緣，這般詭譎多變。

輪到我苦苦的在自縛中掙扎著要離開你的時候，愛海的你要我陪你看那長堤落日。或者，我可以在那一刻，在那一刻告訴你：我已凝足勇氣，走出陰影，並感謝你曾經翼護著的情意，你，還是回去你的家吧！

西子灣的十八王公廟，之字階梯是千迴百轉的心情，並肩危崖上，你紊亂沉痛的眼光飄向大海深處，映著晚霞的臉龐昂然問天，彷彿，彷彿將桀驁的橫抗宿命，和塵世從此決裂的無悔。

你終於吻了我。

2 緣滅

舞台上，來了一位彈電子琴的女孩，秀髮垂肩，瑩白的燈光下，正專注的在十指彈跳裡把人世悲歡娓娓訴說。服務生走過來，禮貌的相問：「小姐，需不需要來一份晚餐？」

搖搖頭，也阻止他再添冷開水。拿過你的咖啡，淺淺啜一口，好苦好澀，不加糖和奶精的咖啡，原來是這樣痛苦的滋味，我不敢入喉。

愛情，你和我的情愛滋味，是不是像我們總喝不一樣的咖啡？

執著相伴，走上偏峰斷崖，縱使你情深依然，我卻逐漸不能忍受這樣孤高絕寒的煙嵐。渴盼完全擁有你的欲望嚙咬著我的心靈，每個晚上，我獨自擁抱著你背轉的身影，懷想著你在另一個我無法介入的天地和妻兒笑語殷殷，更深的夜，更深呢？你能像拒絕我一般，拒絕你那個人間註册過的妻子，向你招展的風情嗎？

這樣劇疼的折磨總要等待著，忍受到能夠見到你時，向你聲聲控訴，為什麼？只因遲到了就沒有座位了嗎？為什麼？宇宙星辰都會改變，這排列的順序，你無能為力嗎？對這些問題，你從不作解釋，你總是靜靜的聽著，偶爾，把眼光投向遠處，一種冷冷淡淡的悲愁。或者，凝視著我，複雜的像一則謎。

追躡在你的身後，你牽著孩子，而你妻子勾住你臂彎的時候。花藝展覽的會場裡，每一朵花都是這麼嬌艷，誰能瞭解我步步相隨的慘淡？你也是沉默著，卻更像一座堅凝的碉堡，圈護住一個家庭。我在外頭，熱淚是雨，擊打我憔悴的頰。我還是等著，等著你終於回頭的一剎那。

是那一剎那，我用我的心碎來讓你心碎！可是當你沉肅無言走向我時，我逃開了，逃開你妻兒驚疑的眼光，逃到這初識的西餐廳裡，聽這聲聲泣淚的小提琴。

現在的你又如何面對一個質問或是哀怨的家？用你同樣宿命安排般的無言無語嗎？學著你那眼光掠過眼前紛亂的人影喧嘩，遠處港都漁火迷離，有隱隱海濤聲彷彿入耳，思緒層波浪洶湧之後，該是怎麼樣的心情沙灘？曾經踏過的履痕，會不會在這次的情愛浪濤沖掩過後，剩下萎頓一地的細砂，曝曬在淒迷的月光下？

彈琴的女孩子已走，整座西餐廳換上柔和的燈光，小提琴輕輕響起，像一帶幽咽的溪流，在人境找不到出口，只好千迴百折的長流，無盡的委屈和酸楚。

端過已涼的咖啡，你終究不肯陪我聽這初識的弦聲；站起身，一口把所有苦澀吞下，情到深處怨至極處化作情淚兩行。走出一室淒美的光影，再不回頭。

緣已滅。

輯四
薪傳

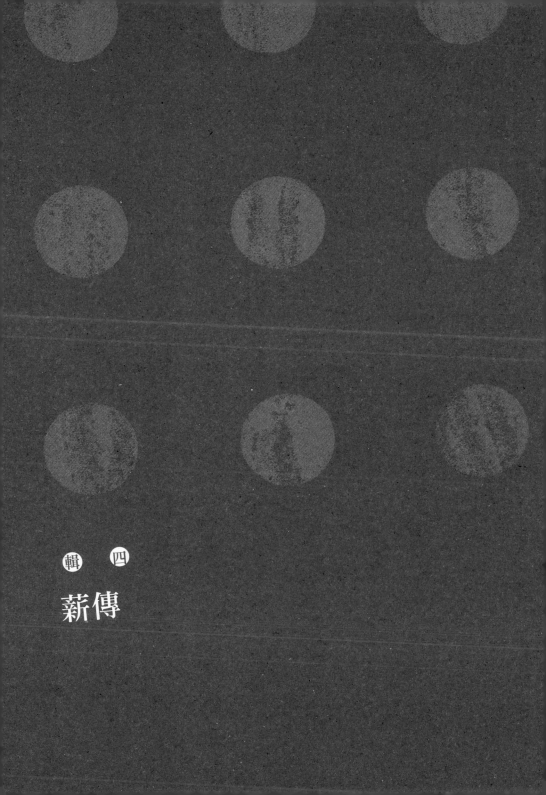

情人看刀

夜已深沉。

她把燈光一盞盞熄滅。

廚房潔淨的碗盤櫥櫃，浴室排列整齊的浴巾毛巾，書房客房，一塵不染的書架床鋪，隱入黑暗中，她用等待的時間，把屋內的每一顆塵埃，都撿拾乾淨了！然而，在黑暗中，根本無法分辨，凌亂骯髒或整齊乾淨，誰在乎？

只剩下臥室床頭燈還亮著。粉紅被單床罩在暈黃燈光映照下，溫柔得令人想哭！她第一次發現，原來暖色系的被窩床鋪，也會讓人覺得寒冷。

站在床頭猶豫了一會兒，她又回到客廳，把玄關的小燈打開，然後回到臥室，當她湊近床頭檯燈，按下開關時，燈光恰巧照亮她臉頰上，正有淚瑩然！

幽黯夜色中的小樓，留有一盞燈，照在夜歸人回家的路上。

以上文字，選擇感性的筆觸，描寫一個「等待的女人」，正孤獨寂寞的守候著遲遲未歸的男人。電視公益廣告，也有類似感性的鏡頭：「在客廳裡留一盞燈，照亮孩子回家的路。」我個人很喜歡這句話裡，涵蘊的深情。然後總是不由自主的深入想像，這個家庭的孩子哪裡去了？為什麼這麼晚了還在外頭遊蕩？他們知不知道？等門的父母，內心多麼焦灼、傷心、絕望嗎？

「等待」！包括了痴心父母的無怨無悔，情深夫妻的望盡千帆，人類之所以成為萬物之靈，就是因為有了這種絕美情操。有父母等待，浪子會回頭；有戀侶痴守，天涯漂泊的過客，魂夢能飛越千重關山。

多年前，有一首關於「等待」的英文歌曲，讓我印象深刻。歌名叫做「繫一條黃絲帶在榆樹上」，背景大概是越戰時期，有兒女被徵召入伍的家庭，會在庭院榆樹上繫一條黃色絲帶，盼望平安歸來！然而，烽煙戰火，命懸一絲，黃絲帶在風中無助的飄動若幡！能撫慰生離死別的家庭嗎？我懷疑。幸好，越戰結束後，黃絲帶慢慢擺脫悲情，轉換為一種等待的象徵，和在客廳留一盞燈，意義相同。

從今年起，比較流行的是白絲帶運動。

每年十一月廿五日起，到十二月六日止，男人開始在手臂衣袖，別上一條白色絲帶，宣誓反對將暴力加諸於女性身上。

日期的由來，有典故！

一九六〇年十一月廿五日這天，多明尼加有三位追求民主的姊妹，被獨裁政府的祕密警察，暗殺身亡！一九八一年，拉丁美洲的女性主義者，決定將這個慘痛的日子，訂為「反婦女受暴日」，一直到一九九九年，聯合國正式宣布，將這一天定名為「國際終止婦女受暴日」。

為什麼到十二月六日呢？

只因為十二月六日這一天，另外發生一件也是慘絕人寰的「性別殺人」案件！

加拿大一名男子，向大學申請入校被拒，認為女人和女性主義者阻擋他的前途，於是攜槍進入蒙特婁一所大學教室，將男學生與女學生分開兩邊，展開「性別屠殺」，造成十四名女學生死亡，另十三名身受重傷！兩年後，一群加拿大男性，希望「男人加諸於女人的暴行」，應被禁止，主動發起白絲帶運動，並將十二月六日，沉痛的定名為「性別屠殺紀念日」。

白絲帶柔軟純潔，卻原來是為了提醒世人，這些血腥殘酷的事實！依我的看法，換紅絲帶算了！鮮血般紅色的絲帶別在胸口，讓男人怵目驚心之後懂得捫心自問。

藉著雄性動物的力氣和獸性，男人加諸於女人身上的暴行，細數古今，當真是罄竹難書！甚至對自己妻子，也同樣拳打腳踢的野獸派男人，為數亦不少！

只算一算，家庭暴力防治條例通過，多少女人去申請保護令，就清楚了！台灣近年來每四對新婚夫婦，就有一對半選擇離婚一途，離婚率攀上亞洲第一，其中家庭暴力因素，佔了絕大部分。

廿一世紀，台灣社會邁向高科技、高消費，自誇民主文明的世代，卻怎會在人文和人性上的表現，依舊低俗鄙陋？尤其是家庭暴力的男主角！

台北這個國際化大都市，今年與全球各地同步推動「白絲帶運動」，這個男性自覺的運動，立意良好！肯別上白絲帶的男人，不會對任何女人使用暴力，這點我絕對相信，怕只怕，不懂白絲帶意義的男人，可能更多！

我因此在這兒，為文響應白絲帶運動，痛心疾首的思考防止家庭暴力的方法，可是，會對自己的女人，暴力相向的雄性動物，看不看副刊呢？

如果會，我希望他能幫我安排結局。篇首「留一盞燈給夜歸人」的女子，她會等回來一個什麼樣的男人？

渾身酒臭，胡言亂語的男人，一路東倒西歪闖進來！這是比較常見的場景！女人也許氣苦心疼，唸了幾句，然後男人開始發酒瘋！砸了電視，推倒冰箱，踢翻了那盞夜歸人的燈！也許還打了女人，隔天宿醉未醒，只推說頭疼，昨夜發生什麼事？全忘了！

也許，半夜三點或凌晨五點，躡手躡足溜了進來！像偷腥的貓一樣回到被窩！脫掉的衣物掛在客廳衣架上，卻忘了衣領胸口上，偎紅倚翠時留下來的胭脂唇印，拉好被單，蓋住頭臉，在黑暗中偷偷的吁口氣！慶幸自己的女人睡沉了。

女人或者只是學乖而已！因為這個男人很容易老羞成怒！上次爭吵時留下的瘀青傷痕，還未痊癒！她只能繼續裝睡，背轉身，珠淚暗垂。

為什麼男人總讓深情的女人看見一把刀！一把森冷銳利的刀，動不動就讓她們柔軟的一顆心，滴血！

難道男人們仍然不明白，女人點一盞燈，心甘情願守候的，就是一個為了家庭、事業，奔波到天涯或加班到深夜的、認真的男人？

親愛的，我把孩子變乖了

親愛的，我把孩子變小了；親愛的，我把孩子變大了。

相信我，我從不替電影打廣告！所以這一系列「親愛的」電影院線片，已經下片好久好久了，我才拿來作文章。

話說有一個異想天開的科學家，自己在家中閣樓裡，憑著一顆絕頂聰明的腦袋，發明一部可以把物體縮小的機器，他的想法是從此地球不再這麼擁擠，貨物運輸的歷史也要改寫。這機器還未問世呢，倒是他那一群頑皮的孩子，把自己給變小了！小到需要用放大鏡才能看得清楚眉眼的程度！大概只有小螞蟻的高度。

四個被縮小的孩子，被不知情的父母掃地時裝入垃圾袋，拿到門口等垃圾車！幸好其中一個孩子身上有把美工刀，可以畫開垃圾袋。脫困之後，從門口到客廳，需要經過草坪、花園，和遇到許多碩大無比的昆蟲！一段驚險之旅，於焉展開。

電影結尾時，最令人震撼！四個小孩和麥片一起被倒入牛奶中，而她們的父親正張開血盆大口，露出森森巨齒，吃著早餐。

親愛的，我把孩子變大了！是同系列電影續集。科學家夫婦新添了一個寶寶，另外正研發製造一部可以把物體放大的機器，看來可以輕易解決處於飢餓邊緣的第三世界的問題，只要把糧食放大就行！就在小寶貝才學會走路不久，因緣湊巧的被放大了！十幾層樓高的巨嬰，好奇好玩又天真無知，差點把整個都市給玩散了！幸好這孩子習慣聽著音樂盒入睡，在世界毀滅之前，音樂盒是唯一能讓孩子暫時安靜的法寶。

孩子被無辜的放大為巨嬰，汽車火車和大樓房屋成為他的玩具和積木！大人們才知道事態嚴重，極力挽回。

這兩部電影，充滿趣味性，當然也是喜劇結局，孩子們恢復原來大小比例，回歸正常生活。但我不確定劇本創作者是否另有深意？是不是和我有同樣的警惕——企圖改變孩子，只會讓孩子受苦和造成大人世界的災難！

或者，有人會不以為然的反問我：不可能吧！誰肯把自己的孩子變大、變小？電影哪能當真？我倒覺得很多父母親，正非常努力的做著這件事！

譬如，把孩子變小，變成美加、澳洲等「小」留學生。老實說，我不是很同意這種做法！小孩子或許適應能力和學習能力超強，小留學生幾年之後，英文可以呱呱叫！流利極了。但除非這對父母打算連根拔起，移民到國外，否則，讓孩子長住國外，習慣美加國家的思考模式，認同披薩漢堡的飲食文化，他哪還住得下台灣？孩子不肯在台灣定居就業，土生土長的父母親，豈不是等於把孩子掉到國外去了？

再者，我覺得當小留學生的孩子，滿可憐！黑眼珠黃皮膚的東方孩子，和美加地區的孩子相較之下，身材總是小一號，只好盡量在課業分數上求高一等！才小學生哪，只為尋求一個平衡點，童心童趣全斷送！

也許，家有小留學生的父母，不同意我的看法！孩子不是挺快樂的嗎？而且台灣的治安、經濟和對岸老是恐嚇要動武的這種環境下，已經不適合孩子成長！

那就好，沒關係！我沒意見。

把孩子變巨人，則是留在台灣地區的父母們，最想努力達成的目標。

望子成龍，望女成鳳，千古以來，當父母的痴心從未改變！龍鳳不僅是珍禽異獸，且能騰雲駕霧，神通廣大！父母做牛做馬，兒女成龍成鳳，這其間的「代溝」，保證難以跨越！說不定老來才嘆息「生得兒身，生不得兒心」，並且開始同意某些勸人看開看破的說詞：「痴心父母古來多，孝順兒孫誰見了？」

我仍相信，沒有忍心自斷骨肉親情的兒女，只是代溝太深太寬，小巨人跨得過，走得遠了，父母還在這邊呼喊。

台灣的教育制度，其實也一直想把孩子變成巨人，最好還是「頂天立地」的超級巨人。最早的時候，有初中聯考，小學生在班上的排名，若非最高位置，甭想進第一志願！然後高中聯考，再淘汰掉一半，分數稍差的同學，只好回家放牛！大學聯考一向有「窄門」的惡名！大書包要重到能夠壓彎背脊，書要讀到三更燈火五更雞啼，讀得身體又瘦又乾，才擠得進大學！

我有沒有誇大其辭！沒有！對不對？

我知道現在好一點了，但也只少了小學考初中的一道關卡而已。

這其實是科舉制度的餘毒，所謂十年寒窗無人問，一舉成名天下知，仕子孜孜不倦，博取功名，至今仍為人認同！但台灣地狹人稠，競爭激烈，這功名觀念，太早杵在孩子的小腦袋裡，讓孩子的智慧和性向，難以自由發展，一個個全成了小巨人。

當孩子經過補習班的昏天暗地，考上一間明星學校，父母親的第一個反應正是：親愛的，我把孩子變聰明了。

我真的沒意見！因為這是台灣目前父母教育孩子的常態。「叫我第一名」這句話，甚至要慢慢流行起來。

正面但制式化的孩子教育，就算略有瑕疵，總比放任不管的某些問題家庭，對孩子而言，好得太多！不負責任的父母，總要等到從警察局把孩子領回來，才後悔莫及的相對嘆息：親愛的，我們把孩子變壞了！

吸毒、飆車、偷竊、殺人！未來的國家棟梁呈現蟲蛀朽腐的衰敗氣象，令人為教育問題擔心！但看少年法庭內，多少待審的孩子已然暴戾成性，更是叫人驚心！

我因此只退而求其次，注重孩子品性的培養，給孩子愛和讓他懂得感恩，並且告訴孩子，分數不是人生最大的目標，好成績和好孩子，我選後者，偶爾威嚴的母親外出，我願意和孩子偷翻幾本七龍珠的漫畫。

是的，我真心的只想說：親愛的，我把孩子變乖了。

鴛鴦飛

玫瑰是愛。

香水百合代表百年好合。

紅色火鶴的花型，是一顆真心，鮮艷而熱烈。

她仔細的在亮黑豐滿的花器上，把這幾種主花色比例調配均勻。除了新娘捧花，這一對新婚小夫妻還希望新房裡也有一盆鮮花，她特地選擇這個富貴喜氣的花型，只不知道這對夫妻，能不能瞭解她選取花材時，全心全意的祝福。

又一對年輕男女明天要結婚了！她喜歡替新人做禮堂和洞房的鮮花布置，感受新人的甜蜜和快樂，會讓她暫時忘記自己冷寂的生命。她滿意的審視眼前一團錦簇，也許，再加上一些滿天星的細碎花球會更好，讓這對夫妻能夠相愛到白頭。

「執子之手，與子偕老。」她微微嘆息：「是神話嗎？古老如詩經的神話。」

她結婚時開始學插花，離婚後，靠著一間歐式花藝教室度過十年漫長歲月！這十年裡，她的學生多少人高高興興的結婚，哭哭啼啼的離婚，又回來教室繼續學插花，她冷眼旁觀，打從心底斷絕再找個男人的念頭！

婚前是溫馴討喜的小博美犬，婚後是自私殘暴的虎狼！同一個男人，為什麼會變成兩種截然不同的野獸？

她不想回憶往事，也不想弄明白男人！沒有男人的生活，或者有點寂寞，有了男人卻更辛苦，尤其是被男人騙入婚姻之後，更辛苦！

最後一支滿天星斜插入玫瑰花的縫隙中，她拿出噴霧器，把花朵潤濕，然後走出陽台。都會霓虹閃爍，夜猶未深，而她的工作已經做完了。

「這麼早，一定沒辦法睡！」她沉吟著回到客廳，打開電視。

電視綜藝節目裡，幾個女藝人正在討論「新好男人」的標準。主持人綜合女藝人的意見後下了結論：「合乎這些條件的男人，只有兩個，一個早已作古！另一個呢？還沒到投胎的時候！」

她爆出一串笑聲後，關了電視。心，有點發疼！一個念頭正直直的浮了上來：「好男人在哪裡？」

好男人在哪裡呢？

教授花藝的女人，自婚姻牢籠中脫困而出，有這種質疑，相當正常。不過，自古以來，雖說女人一直附庸於男人，屬第二性，身分地位毫無保障，然而夫妻鶼鰈情深，恩愛逾恆的例證，也不在少數。詩人詞人每每將這種情況以文字歌詠。

譬如：「欲學比目何辭死，只羨鴛鴦不羨仙」，譬如：「鴛鴦織就欲雙飛。」把夫妻以鴛鴦比喻，期許雙宿雙飛到白頭，效果如何？無法考據，只大概能確定，至少肯寫這種詩詞的男人就是好男人。

「等閒妨了繡功夫，笑問鴛鴦兩字怎生書。」我個人極喜歡此句，把一個甜蜜新婦寫得活潑靈動。因為情深愛濃，只顧調笑嬉戲，把女紅都荒廢了！幸好識字的老公，還沒忘記鴛鴦兩字怎麼個寫法。

這個「老公」，在新婦眼中，誰說不是好男人？

婚姻制度沿襲至今，雖有法律條文敲釘綁樁，它的結構仍慢慢呈現鬆散現象！

只是好男人絕種這個原因嗎？還是每一次離婚，都因男人薄倖無情？台灣離婚率躍升亞洲第一，台灣男人簡直成了婚姻制度的終結者！這麼說，公不公平？

八九不離十！這是我的答案。自從台灣學習歐美法律，修法訂出家庭暴力防治條例，只看申請禁制令者男女比例，即可知曉。

男人遭受婚姻暴力，申請禁令以求躲避悍妻凌虐的案例，十之一二罷了。可見男人仍是破壞婚姻制度的元兇首惡。

若和吟詩填詞的舊好男人相比，果然有今不如古、世風日下之嘆！二十世紀末，出現「新好男人」的字眼，這個由女人評選的，女人眼中適合婚姻的男人，竟然呈現幾許陰柔！懂烹飪，肯半夜起床替嬰兒泡牛奶換尿片，會掉眼淚，講話細聲細氣……世代也許真的變了！陰陽錯置不足為奇，也或許，替男人定標準，侃侃而談的女人是女中豪傑，事業和個性都強勝鬚眉，所以需要一個「陰性男人」或「溫柔丈夫」，婚姻氣氛才能調合。

我這個自詡陽剛擔當，火性星座的牡羊男子，絕對和新好男人沾不上邊！但我相信，一份美滿婚姻，夫妻個性互補，是一項重要因素。磐石藤蘿，小女子若是心堅如石，大丈夫何妨柔情似水，學那菟絲藤蘿，婉轉纏綿。只要出自真情真性，婚姻自能永續經營。

另外一種能夠保持婚姻的要素，則是夫妻倆，至少有一方是溫和善良的大好人！舊世代的女人，手無縛雞之力，三寸金蓮更是逃不開，跑不遠，只好逆來順受，勉強留住飯碗和名份。新世代，男女平等，沒有那種悲情，但想要婚姻長久，仍需丈夫或妻子，有人保留傳統「美德」。委屈求全的婚姻或者品質不佳，下一代卻比較不會成為單親家庭的孩子，不會造成人格上的缺憾。

如果夫妻都是好人，有擔當有責任，偏偏個性上互不相讓！針尖對麥芒，鐵板碰銅錘，為了兒女，吵吵鬧鬧也能過一生。夫妻關係得等到兩個人都老得沒力氣再吵，才可能漸入佳境，白頭到老。

以詩情柔軟的「鴛鴦飛」為題，直剖婚姻冷硬本質，我寫得好辛苦！如此辛苦，也只是盼望現代夫妻，對枕邊人少一些挑剔，多一點寬容，珍惜婚前鴛鴦白首的誓約，婚姻之路，攜手同行。

至於篇首教授花藝的女子，也許煙緣遇合，她心目中的好男人，很快會出現！即使命中註定一生煙嵐清冷，單身路上，有這一技之長，也能走出一路叫人放心的風景。

情婦守則一〇〇條

停電的時候，她正在電梯裡，看著燈號從十七樓一路往下跳。

突起的黑暗，恰似蝙蝠巨翅，迅速圍攏，將她緊緊抱住！她才剛要呼出的一口氣，一下子被逼回胸腔。巨大的蝙蝠還帶著她繼續往下沉，只一剎那，她彷彿已經墜入比黑暗更黑暗的地獄深處。

一剎那，漫長如一整個世紀！電梯終於停住。

停住的感覺，更不好受！她發現自己的靈魂，被猛力的拋出身體，然後飄浮起來。趁著黑暗掩護，心底隱約有種就此逃逸的渴望與痛切。

如果可以！她倒希望就這麼讓靈魂飛出去，飛到一個無人熟識，完全陌生的地方，即使那個地方的名字，真的叫地獄。天堂？想都不用想。

電梯間的警示紅燈亮起，她終究慢慢的、溫馴的回魂！大樓在斷電之後，地下室的發電機會自動供電，但也僅只供應一些公共設施最起碼的電力。驚魂甫定，怎會清清楚楚的想起這些細節？她勉強撐住酥軟的膝蓋，抬起手來，掠了掠額前瀏海，微微苦笑。

是不是心悸、窒悶、孤獨禁錮於幽室的恐懼等等感覺，太熟悉，太習慣？是不是呢？因為自己是個情婦！沒有身分，沒有面目的某一個男人黑暗中的戀人？

如果問我答案，我會肯定的說：沒錯！

她是一個被冠上「單身公害」、「狐狸精」、「第三者」的女人！而這個外表艷媚、內心淒苦的女人，正勉力守住一百條情婦守則。

情婦守則第一條：不能讓愛情的陽光，明亮在臉上。

第二條：不能叫愛情的甜香，從眼角眉梢浸流。

第三：紅唇必須確實關閉，屬於愛情的千言萬語和海誓山盟。

第四……第五……一直到第一百條守則，情婦必須一一遵守，否則戀情一旦曝光，情婦的存活率，幾乎等於零。

很辛苦！對不對？習慣這種密藏心事，隱匿行蹤的情婦，早在黑暗戀情中，以淚水磨洗出勇氣和耐力，所以，就算被關入停電故障的電梯間裡，也毫不驚慌。

絕大多數女人，當然不願意成為情婦！甚至有人會問我：難道還有哪個笨女人，心甘情願做人家的第三者？

的確有！而且為數不少。不過，她們一點也不笨，新潮、燦亮、美艷或妖艷，她們不願意進入婚姻，去和一個無趣的丈夫眉眼相對一輩子。在她們大膽前衛的觀念裡，當情婦比當黃臉婆好得太多！新世紀新女性，更不該只是男人的附庸，而是主宰！

她們未必完全遵守情婦守則，因為她們不怕戀情曝光，戀情曝光，最多損失一個男人，很快的，她們會轉移目標，並且相信，下一個男人會更好。戀愛因此只能是手段之一，她們的目標是金錢與性，魚與熊掌，兼而得之。

另外一群為數也不少的情婦，不能簡單歸類為笨女人，而是萬般無奈的陷入困境！

譬如失婚的女人，在情感和經濟無法自立的情況下，只有兩種選擇，找一個男人或一百個男人！一個男人會把她當情婦，一百個男人當然就在煙花路上找！兩條路都不好走，權衡輕重，當情婦還單純些，容易些。

還有，為情所困的年輕女子！深信她所遇上的這個男人，是前世未結鴛盟的戀侶，今生尋來，然後無法自拔的愛上這個睿智風趣、成熟穩重的已婚男人。這時候，和她同年齡的少年，在她眼底，一個個都輕浮狂妄得令人難以忍受，走不進正常戀情的多情少女，從此註定情婦的命運。

這樣的女人，其實不笨！只是情痴無怨，一意孤行的執拗，落入世人眼中，誰都忍不住要罵她一聲「傻女孩」罷了。

前衛的女性，以狩獵的姿態在人世叢林中冒險覓食，最好的結局，是她們在爪牙斷裂和姿色褪盡之前，找到婚姻的洞穴，並且甘於蟄伏。最壞的情況，則是她們遇到了站在食物鏈頂端的猛獸男人，賠了身子，失去財富，落得遍體鱗傷，晚境淒涼。

後兩種女人，已成為目前社會的常態——不正常卻依然存在的狀態。這些情婦們大體而言，都會遵守情婦一〇〇守則，甚至因為害怕失去男人，自己主動的加上另外一百條！更辛苦了！不是嗎？但能不能因為她們很辛苦，很委屈，而大發慈悲的讓情婦合法化？像同性戀者的婚禮或遊行？

我覺得很難！一來舊世代男人三妻四妾的觀念，被摒棄很久，法律明文規定一花一葉，毫不通融，再者，女權高漲的廿一世紀，女人焉肯放任臭男人如此沾得渾身野花香？

萬一有樣學樣，女人也外出找來一個情夫，以示公平，這婚姻制度，還維不維持？最無辜稚兒幼女，又如何適應混亂污濁的環境，人格健全乖乖長大？

絕大多數人因而贊同，人間義理應擺出包公臉孔，聲色俱厲的譴責情婦存在的事實。但我較另類，我論理，也說情，甚至我認為，情理法三個字的排列順序，非常恰當！我為情婦列舉一百條守則，其實也正是為情深意真的女人，尋覓一處荒冷的空間，准許她們存活。存活期間，認真思考如何脫離情婦的身分，回到陽光底下。

所謂文人多情，我大概也有這個毛病。

因此，被禁錮在電梯間，我筆下虛構的女子，會從黑暗中走出來，把男人送給她的手機，順手丟進垃圾桶！在完全孤絕、等待救援的幾個小時裡，她至少打了十幾通電話，仍然無法叫得動她的男人，掙開家庭牽絆，來到她的身邊！她終於確定，原以為可生可死的這份戀情，只是七彩泡沫的城堡，和現實世界的針尖一碰撞，便即碎裂！

徹底和她的男人決裂之後，她不再是個情婦，我這一百條守則嘛？當然不用理會。

我更希望，世間女子的愛情婚姻，個個幸福美滿，研讀情婦守則的女人，只是好玩而已，永遠不必親身體驗。

婆媳教戰手冊

男人正在廚房水槽邊洗碗。

客廳裡，女人一邊擦桌子，一邊看著新聞報導。

這是小夫妻倆說好的遊戲規則。誰煮晚餐，另一個就負責洗碗筷，搬離鄉下公婆姑叔齊聚一堂的大家庭之後，女人才真正擺脫「菲傭」的感覺！才能夠又甜蜜又霸道的擁有一整個男人——她的丈夫。

這一刻，小夫妻的電視晚餐剛結束，男人洗好碗筷，會過來窩在客廳沙發上，和她一起看連續劇：《長男的媳婦》。劇名剛好符合她的身分，當大媳婦那段期間的驚悸，記憶猶新，她因此很能體會劇中媳婦的淚水，是怎麼個酸苦法。

電視報導恰巧播出一則社會新聞。一個白髮蒼蒼、滿臉皺紋的高齡老婦，出現在螢幕上，臉上青紫紅腫未褪，原來是遭到年輕媳婦毆打！正一把鼻涕一把眼淚的控訴兒媳不孝。

她忍不住大叫：「老公！快過來看。你看，這個老阿婆被她媳婦打成這個樣子！」

男人把他手上的泡沫，輕輕抹在女人瑩潤的臉頰，笑著說：「好慘！幸好咱們搬出來了！要不然這會兒上電視的，可能就是我老媽！」女人當場翻臉，圓睜的大眼睛卻先掉下淚水，嗚嗚咽咽的說：「你如果不想搬出來，就搬回去好了！你自己回去！我到底做錯了什麼？要你這麼說我！」

顧不得手上還有泡沫，男人慌忙把女人抱入懷裡，一疊聲說抱歉！新婚燕爾，小夫妻倆正好得有如蜜裡調油，女人嘴裡隱約的決裂口氣，的確讓男人慌了手腳。

且不管男人如何哄得女人回心轉意，破涕為笑，她們之間的婆媳問題，依然存在！小夫妻會搬出三代同堂的大家族，另組甜蜜小窩，絕不是因為多了一個人太擠，住不下！而是媳婦的適應問題。

媳婦適應新環境，總要時間嘛不是？這點三代同堂裡的每個人都知道，就是婆婆一人不清楚！天還未亮，婆婆已經煮飯熬粥炒菜，忙了好久！在廚房裡婆婆一定這麼想：要上班的兒女，要下田的丈夫，誰不吃飽了才出門？新媳婦卻還窩在房間裡！熱粥能入口嗎？晚點下田沒關係，上班遲到是要扣錢的！娶個媳婦，還不是這把老骨頭來服侍一家人。

時代變了沒錯！所以一向喜歡怨天怨地的婆婆，只敢在心底「碎碎念」！她倒還懂得不能太快弄僵婆媳關係，但那臉色嘛？打從媳婦進門第三天起，就沒好過。

媳婦其實早醒了，廚房裡的動靜，她聽得一清二楚！但她實在害怕婆婆的臉色，猶猶豫豫的跨不出房門！昨天晚上才向老公發了飆，哭哭啼啼的鬧了半夜，這會兒紅腫了雙眼，哪逃得過婆婆那雙嚴厲的眼睛？她是真有委屈的，哪有一家人吃個早餐，又是粥又是飯，又要葷又要素！外頭早餐店那麼多，誰不是外面買了吃？

婆婆不上班，可以早起，她上班打電腦，已經「凸槌」許多遍了！老闆甚至放話，說她上班再打瞌睡，要發給她遣散費！這些苦處，婆婆聽得進去嗎？

當婆婆的從舊世代跨過來，媳婦則完全是新時代職業婦女，只這點差異，就能掀開一場婆媳戰爭，其中折衝縱橫的學問，比諸兩國交鋒的兵法運用，複雜精妙之處，不遑多讓。

因而我這篇教戰手冊，限於篇幅，只夠談論大原則，小細節的技巧分寸，仍以婆媳各自創造拿捏為宜。

大原則是什麼？非常簡單，體諒與尊重就是。

「未諳姑食性，先遣小姑嚐。」這是新婦表現尊重婆婆的手段，投其所好，對了胃口，第一印象保證不差。

「雞鳴入機織，夜夜不得息，非為織作遲，君家婦難為！」這是《孔雀東南飛》裡頭，新婦劉蘭芝的幾句怨語。惡婆婆不肯體諒新婦，一心一意要把劉蘭芝趕出門，叫她兒子焦仲卿另娶東家賢女秦羅敷。鬧到後來，劉蘭芝是「攬裙脫絲履，舉身赴清池！」兒子跟著想不開，徘徊庭樹下，自掛東南枝！

可憐一對痴兒女，就這麼在婆媳戰爭中，成為犧牲品。

重讀古詩，其中纏綿淒苦之情，仍撼動我心！當然，讓我更恨詩中婆婆的冥頑不靈！所謂愛屋及烏，當婆婆的明知自己兒子和新婦情深意重，橫加阻撓的結果，通常會連兒子也一起失去！

時至今日，禮教不再吃人！情況大概就是篇首所描述，小夫妻倆脫離家庭，另組甜蜜小窩。

至於惡媳婦欺凌年邁公婆，拳打腳踢的上了電視新聞，只算特例。忤逆不孝或只街坊鄰居千夫所指，虐待的事實卻已觸犯刑法！我非常贊同從重量刑，讓此類泯滅人性的少數人，知所警惕！

好像離題了，對不起！

聰明的現代婆媳，當然不會走成如此不堪的地步！婆婆將心比心嘛，當年媳婦熬成婆，這個「熬」字包含的辛苦，自己最清楚了！就免了媳婦又辛苦一次。妳的體諒和體貼，媳婦一定能感受得到，她的這一聲「媽媽」，絕對叫得嬌痴甜蜜，十分甘願。

妳不但不會失去兒子，甚至多賺來一個女兒。

至於媳婦呢？最怕的是把婆婆媽媽的距離，區隔得太明顯！妳能把對自己母親的貼心和真心，原封不動的加到婆婆身上，妳就是一百分的媳婦。

或許，還有點困難需要克服的，是同樣的尺度問題。愛和尊重，差異雖不大，終究有些不同！妳對母親的撒嬌，在婆婆眼底有可能成了撒潑！放心和放肆，僅一線之隔。

所以，尊重兩字不能免！待得相處情誼疊厚加深，才能親如母女。媳婦偶爾刁蠻耍賴，婆婆亦能一笑置之，則天下太平。夾心餅乾的可憐男人，有福矣。

情聖一號

聖之一字，有秀出群倫，至高無上之意。

譬如至聖先師。有誰敢誇口他學問勝過咱孔夫子的？沒有！對不對？所以孔夫子是至聖，孔孟時常相提並論，但孟子只能是亞聖。聖戰士則是小孩子的最愛，他是最厲害的機器人，打敗許多機器怪獸，拯救地球許多次。

聖天子或天子聖明的聖字，就不一定了！自封聖天子的，有可能是昏君，弄得天怒人怨，民不聊生。天子聖明這話，更是白臉弄臣討皇帝歡心的專有名詞！

情聖的道理相同，愛情世界裡，情操高貴和忠貞不二的好男人叫情聖，朝秦暮楚、偷香竊玉、手段高明的壞男人，也叫情聖。本篇的情聖，我要寫好男人？還是壞男人？

廿世紀末，好男人不是絕種了嗎？也許，馬上有某些女人咬牙切齒的朝我反應。包括煙花女子、失婚婦女，甚至不得已而單身的貴族！她們受盡了男人的凌虐欺騙，也看透了男人的嘴臉。老實說，寫好男人我很心虛，寫女人心目中的情聖，我更心虛！

一般而言，好男人除了品行端正之外，職業、事業和志業都要有一套。要嘛在藝術上的成就出類拔萃，要嘛在政商層面呼風喚雨，有才華但窮困潦倒，企業成功卻格調不高，只算「半好男人」！半好男人在目前社會比例已不太大，更何況好男人！

情聖一號這種好男人，（暫且把好的情聖叫一號，壞男人情聖就是二號）絕對是當空一輪皓月，點綴在旁邊的漂亮美眉，可比繁星點點。這個好男人要抵擋多少誘惑，需要定力多強，才能成為情聖一號？但看前一陣子閃耀在文壇和政壇上的好男人，不約而同的爆出緋聞，可見情聖之難為，猶如登天。

對一個女人忠貞不二，相伴到老，反而是一般平凡夫妻容易做到！不過，爭吵謾罵和作牛作馬的男人，近乎「了無生趣」，雖說的確只守住一個女人，哪能奢談什麼「知情識趣」？這種男人沒有去攀折桃花，並非不為，是不能也，所以和情聖兩字也搭不上邊。

那麼，誰是我心目中的情聖呢？有一個！漢都京兆尹張敞是也，也就是官居顯赫，仍甘心每天替老婆畫眉毛，說出「畫眉之樂」的柔情鐵漢。可惜這個大情聖早已作古！當今現世，不愛江山愛美人的溫莎公爵算一個，但他是外國人，台灣的大情聖呢？

還沒出生嗎？別問我，我不太清楚耶！

倒是很確定，寫壞男人或情聖二號，我下筆還容易些。耳聞目見，道聽途說，這類臭男人果真多如過江之鯽。我且試著說說，其中一尾鯽魚的故事。

霓虹織閃，快速的自車窗外掠過，大都會一條條長街，像極了燈光河流。

他的豪華RV休旅車，更像急馳的遊艇，滑行在都市港灣，過了雙園大橋，過了東港、林邊，他放慢速度，讓車子平穩行駛在枋寮之後的海濱公路上。

他的目標是墾丁的凱撒或凱悅大飯店。

駕駛座旁，一個盛妝少女正把玩著安全帶。嫌濃的脂粉，粗俗無知的言語姿態，透著風塵味，卻讓粉嫩膚光、乳溝長腿的魅亮完全遮掩！這個少女斜著眼、撇著嘴說：「酒店裡的小姐，都說你是大情聖，喂！你解釋一下好不好？」

「講話要憑良心，以前，我沒有固定的小姐坐枱，可是後來我就一直捧妳的場，對不對？我變過心沒？我只對妳好，妳還不瞭解嗎？」男人說得細聲細氣。

「那……你是好男人囉？」女孩故作感動說：「可惜，我太晚碰到你，我的親密愛人是別人的！真叫悲哀。你老婆很幸福哪，我真的好羨慕。」

「妻不如妾！相信我，從今以後我只疼我的小老婆！」男人把手放在女孩長腿上，回答得深情而真摯。

誰會相信呢？一場鄙陋的財色交易罷了！這一對虛情假意的紅塵男女，一路笑語不斷，躲在後座椅背底下的，男人的老婆卻聽得心如刀割！老公的朋友們在聚會時喊他大情聖，說她是個最幸福的妻子，原來「大情聖」是歡場中得來的聲名！平常對她呵護備至，深情款款，都是假！

我說浮華世界，如此場景隨處可見！情聖二號更是普遍存在。有誰不同意嗎？

且不管偵探老婆捉姦之後的精彩情節，我想探討的是男人拈花惹草的心理因素，順便告訴女人防治破解的訣竅。女人首先要瞭解：男人為什麼會偷腥？

從遠古蠻荒，野獸派男人拖著女人的頭髮進入洞穴，完成傳宗接代的任務開始，男人就具有侵略性！甚至進入另個洞穴，打敗另個孱弱的男人，把他的女人據為己有！這和雄獅猿猴一樣，為免物種滅亡，優秀而強壯的雄性動物，妻妾數目一定較多。所以，答案簡單明瞭，男人偷腥，乃動物本能趨使罷了。

在物競天擇，生命求存的大原則下，其實無所謂是非善惡。幸好，人類以智慧為利器，終於主宰世界而成萬物之靈，並且在豐衣足食之後發展出群體社會的架構，為了維護群體社會的和諧，開始制定規範，慢慢擺脫動物性的野蠻，進入精神層面的文明。

婚姻制度是其中規範之一，現代趨勢則以一夫一妻為基準，雌性動物拜文明之賜，終於能夠與雄性動物站在同一水平，甚至某些傑出女性，將男人踩在腳下，亦已不足為奇！

走筆至此，如何將「情聖」從二號改造為一號的方法，已經呼之欲出，是的，想降低男人的偷腥動物本能，提昇文明制約的精神性，是唯一可行之道。

或者這種說法太艱澀難懂，我換個簡單的：讓家花比野花更香更美。

在婚姻的溫室和法律保護的屋頂下，女人其實更有時間和金錢提昇自己的內在和外觀，家花若是夭灼艷麗，男人的眼光就不會停留在風吹日曬雨淋蟲蛀的野花上！然而太多婚後的女人，太快忘掉婚前的女性特質，讓好好的一朵鮮花，無端長出荊棘尖刺！

不怕情聖老公偷香竊玉和拈花惹草，只怕女人忘了自己曾經如花似玉過。

盼天下女性，深思之，戒慎之。

唇唇欲動

星光，晶晶瑩瑩的，自蘆葦雪花飛絮中窺視。

依偎著，懷抱裡美眸似已沉睡無語。

長髮，如雲彩般，駐足在我底胸前，柔軟的，隨著夜風飄揚。偷偷的捧起嬌羞的秀靨，微翹的睫毛柔美的闔著。

於是，緩緩的、溫柔的，我把她臉上漾滿的月光，輕輕擠落。

這段囈語式的散文獨白，現代年輕人大概沒辦法接受！時代進步了嘛，誰還看這種軟趴趴的文章？不過，有點年紀的讀者可能會撩起一些些思古幽情。二、三十年前，報紙雜誌上，類似這種「美麗與哀愁」的散文，可到處都是！當時的資深作家或文壇新秀，寫起散文，就是這個模樣。

不好意思！這一段還真是我二十年前寫的！報紙副刊發刊過，甚至後來結集成書也收錄進去，書名？非常文藝的叫《第三季》。現在當然絕版了。

可是，你知道我寫這段文字時，心中多甜蜜嗎？情竇初開的一雙男女，一吻定情，文中的那個「美眸」，現在還在家裡一邊幫我煮飯洗衣，一邊管教顧著打電動、懶得做功課的孩子哩。

二、三十年前的男女愛情，比起五、六十年前，顯然開放許多，但一雙情侶走到親吻階段，已經算極限！一個吻，就好似在彼此生命中烙下印記，兩人牽手過一生的決心，大概誰也擋不住了。

那是一個「海誓山盟」可以當真的，令人懷念的時代。

這篇唇唇欲動，我寫情人之吻，不免順便回味了自己的甜蜜初吻！對不起，請勿見怪！其實呢，一吻定情的故事，最著名的是——睡美人。

滿布荊棘的黑森林最深處，沉睡百年的美麗公主，正期待著白馬王子，不畏險阻，排除萬難的來到身邊，以一深情之吻將她喚醒！童話故事結尾自然就是：從此兩人過著幸福快樂的日子。

垂髫青髮，初識文字，有關「吻」的智識，被如此這般啟蒙，這會不會成為日後情人之吻的誘因？當一個男人向女人索求紅唇時，腦海中有沒有浮起睡美人的影像？和睡美人一樣緊閉眼睛，接受男人親吻的女人，有沒有想起「從此過著幸福快樂的日子」這句話呢？

我覺得都有！你覺得呢？

單憑這話，我大概就夠資格進入ＬＫＫ一族！正在手機小螢幕上打電玩的青春少年兄，可能會抬起頭來皺皺眉頭和鼻頭說：「愛說笑，打個波就要娶她，這種女生誰敢要？」瀏海飄染出一抹金黃的少女，大概也會先拿眼睛白白的地方給我看，然後語帶譏嘲的說：「你在說八百年前的事嗎？我們歷史老師沒教過耶！醒醒吧，現在哪還有睡美人？」

睡美人只是童話，騙不了這些小大人！我相信她們說出了實際狀況。

現代青少年，男女之間互動的知識，接觸得太早！電視、第四台、鎖碼頻道，以及情色漫畫或羅曼史小說等等，已先在小小腦袋瓜子裡，塞進了許多正確或不正確的觀念！然後上了國中高中，那些沒有用心讀書的學生，全把心思花在交朋友上！

愛情的體驗還在矇朧隱約中，肉體卻早已跨過限制級！只算一算，台灣每年多少未婚媽媽或墮胎過的無知少女，即可知曉！這些佔有一定比例的少年男女，親吻，甚至只是她們性愛的前戲之一。她們絕對無法想像，在某些年代，深情一吻，莊嚴隆重如一方印鑑，烙在愛情保證書上。

因而以下文字，我只寫給專心功課、未識情味的乖男生、乖女生看。

上了大學才開始研讀「窈窕淑女，君子好逑」絕不算晚，情種太早冒出芽尖，反而夭折的機會多！擠過大學窄門，接下來四年，功課還得擺第一，愛情呢？當然是第二順位。大學社團交誼的活動極多，妳可以按自己性向喜好參加，藉以擴大交友圈子，結交幾個義薄雲天、兩肋插刀的同性摯友，或認識幾個秀外慧中的紅顏知己，都不無可能。

由知己轉換為情人的過程，宜文火慢燉，才能入味！錯過了第一場電影，第一次牽手，第一次擁抱……多可惜！經歷這許多初體驗後，感覺對方是個可以廝守一生的對象，即可順勢進入初吻階段。

在唇與唇尚未接觸之前，還有不同形式的吻，算是前奏曲。既然想好好譜出一段愛的樂章，把前奏曲完成的耐性，總要有吧？

牽起情人的手，把唇印蓋在手背上，這是情人之吻的入門招式，對淑女表現紳士風度，女孩自然滋生安全感，同樣的道理，女生亦可吻男生手背，妳的溫柔會叫靦腆的男人更心動。

吻手心，有些嬌媚，有點俏皮。輕咬指尖，代表又愛又恨，這恨呢不是真恨！而是怪你愛她不夠多。吸吮手指頭，有強烈性暗示，還未準備好結婚證書的情人們，此招禁用。維持紳士淑女風範一陣子，相互的信任度隨著戀情一路攀升，接下來則是眉眼唇頰的探索。

唇印落在雙眉之上，是感動與喜悅，點在兩頰，算撒嬌獻媚，當然也可以在鼻尖上調笑嬉戲，避開重感冒時段即可。耳朵和脖子的親吻，已經貼近性愛範疇，屬限制級，不在本文討論之內！

最莊重、最真摯的是唇與唇的重疊，舌與舌的交纏！到此階段——哎！我還是覺得，一對男女在愛情這件事上，都該負些責任了。

別管我食古不化兼固執成性！確定一吻情深，誓約永存，則「親吻」會自動昇高溫度而成「熱吻」！所謂丁香暗吐，情生「欲」動，也就順理成章了。

唇唇欲動的技術篇，只擬寫到這裡，接下來……接下來我也不是很懂，你就別問我了。

楚腰纖細掌中輕

——新草本主義，依不同肥胖形成原因，提煉出多方向控制。食療專家配合中醫西醫等尖端科技，萃取純天然古傳草本精華，服用後可促進新陳代謝，快速有效阻止肥胖，達到窈窕的目標。

——這一部美體塑身機，採用遠紅外線氣血循環的原理，配合震動皮帶上下左右圓弧的扭動，輕鬆將腹部臀部積存的脂肪震碎，藉流汗排出體外，不費吹灰之力，達到塑身效果！是目前最先進的懶人苗條術。

——解除包袱，寶貝曲線，有了身材，怎麼穿都很美！豐胸精雕凝露，採取六種生化蛋白，三種深海魚油構成荷爾蒙生長激素，讓妳由A罩杯毫不遲疑直升E罩杯！最超猛暴的豐胸聖品精雕凝露！現在請看強而有說服力的外景實驗……。

妳聽過嗎？這些權威式、煽動性，苦口婆心誘導法，甚至恐嚇詛咒式的廣告用語？如果沒有，那麼，一定是妳家忘了加裝有線電視！也或許是妳的身材一級棒，不必豐胸美腿，腰圍正好，全身上下一點點贅肉都不生。

所以，正式立案的許多家美容美體機構，賺不走妳一毛錢！妳不只沒聽過大象可以變小象，甚至如今想當最佳女主角已非夢事，妳也不清楚！

「可能嗎？」一定另外有很多女人這麼質疑：「哪來這種得天獨厚麗質天生的尤物？少騙人了！」

是的！天生窈窕、體態絕美的女人，比例甚少！所以某些誇大不實的廣告，才有騙人的機會！前些日子，報紙還報導過，來自東南亞的減肥藥，竟有安非他命的毒品摻雜在內！花錢事小，壞了身體功能，才真是得不償失！

偏偏女人在這一方面，呈現出來的勇氣和志氣，令人嘆為觀止。

為了愛美而不顧性命，最著名的故事是：「楚王愛細腰，宮中多餓死！」究竟有多少美人嬪妃，為了讓腰肢瘦成盈盈一握，餓死於楚王後宮？史無可考！但詩人既已留下文字作見證，恐怕是確有其事！

本篇文題「楚腰纖細掌中輕」亦可為佐證！楚腰儼然就是細腰的代名詞。不過，這句話是詩人拿來描寫「漢宮美人趙飛燕」，也就是和「唐朝楊貴妃」，以「燕瘦環肥」並列漢唐兩大美人之一。

所謂人如其名，趙飛燕想當然爾是嬌小玲瓏，輕盈如燕。但既稱美人，又得漢王寵愛，一定是瘦不露骨，凹凸有緻！詩人說她可做「掌上舞」，在手掌上跳舞是詩化語言的形容詞，現代許多芭蕾舞者，力與美搭配演出「掌上舞」的高級動作，時有所見！想必當年趙飛燕習舞，走的是古典芭蕾的路子。

漢唐兩代，男人的審美觀，剛好一百八十度大逆轉！唐代仕女，以豐腴為美，長安市上盡是肥妞胖妹！如果換個場景，楊貴妃玉環小姐走上台北街頭，恐怕連頭都抬不起來！說不準還有好事之徒，在一旁高喊「大象變小象」的咒語哩。

妳說，以貴妃之尊，有錢有閒的楊玉環會不會去抽脂、溶脂，去美容瘦身？然後「燕瘦環肥」這句形容各具姿態的美人的成語，從此作廢？

女人的答案一定是——會！老實說，我的觀點是——免了吧！該作廢的是「女為悅己者容」這句話！

男人愛一個女人，除非眼光短淺，只及肌膚皮相，才會十分在意女人容貌體態，有點深度的男人，寧肯發掘女人的內在美，例如智慧、賢淑、端雅、素簡等等。

三國演義這部章回小說裡，鼎鼎大名的臥龍先生諸葛亮就是娶了一個身材矮小，黃頭黑身的「阿承醜女」，這個鄉里出了名的醜女才德俱足，幫助他成就千古聲名，為後世娶妻娶德留下典範。

費了不少唇舌，列舉古代美人名士，我只想闡述一個原則。女人的外貌身材，不必太過遷就男人的審美觀，為了一些好德不如好色的臭男人，女人們開刀吃藥捱餓！未免不值！

把時間和精神，花在雕塑身材上，還不如去學插花烹飪，去接觸琴棋書畫，甚至學跳舞做瑜珈都行！健康的身體和自信的態度，其實更接近廿一世紀男人的美學觀念。

或者，女人們又有話說：「千古以來，諸葛亮才這麼一個！如果不把自己變成漂亮美眉，想嫁人？難哪！」

我的論調，被歸納為高調類，正常！尤其在辣妹萬歲的時代，是有點曲高和寡。好男人可以相信「娶妻娶德」，但更多臭男人的夢想是「娶妾娶色」！這些男人推波助瀾的希望他所看到的每個女人，個個天使臉孔，魔鬼身材！許多美容美體機構，許多塑身器材公司，和許多調治偏方禁藥的庸醫，就在這類男人的吆喝下，雨後春筍般冒了出來。

妳希望這樣的男子把妳娶回家嗎？不願意！對不對？反過來說，此類臭男人會真心想與妳這「萬人迷」廝守一生嗎？答案恐怕也是未必！

謎底的揭曉，好像有點詭異！

其實不會，是妳忘了娶妾娶色這句話。以色相博取男人歡心的女人，在妻妾成群的古時候，只有小老婆的命；在不准重婚的現代社會，最容易淪為人家的第三者，走上一段曲折坎坷的情路。

紅顏薄命或許真有幾分道理。辣妹美眉，以百分之百曲線，驕傲的迴旋於男人讚美的眼光中，怎會命薄如紙？找不來真心郎君，有情丈夫？鄰家女孩素樸平凡，毫不起眼，又怎會夫唱婦隨，恩愛幸福一生？

莫怨命薄福薄！莫要怨！別相信篇首抄錄的塑身廣告，也別太在意罩杯ＡＢＣ，胭脂輕敷，娥眉淡掃，清清爽爽的坐到書桌前，書架上的灰塵撢一撢，把妳一直想看的許多好書翻開來。

請相信「腹有詩書氣自華」，百分之百真實，一本好書，保證快速改善氣質，有效增進智慧，書架上的書不夠多不夠好，各大書局均有存貨，任君挑選，價錢公道，只花一罐美白化妝品的價格，一小時瘦身豐胸的費用，可以換來十本好書，徹底修飾妳最深層的內在美。

哎！我不得不打一下廣告，台灣作家太多人在飢餓邊緣掙扎許久了。您看看哪個作家，不是瘦成「楚腰纖細」？

——老編，最後一句話，請勿刊出——

流星‧蝴蝶‧劍

夜幕四合，曠野星垂，遠方山稜只剩一抹淡影。

一顆流星，燦亮畫破墨色夜空，暗紅尾翼彷彿尚未熄滅的火把，還在眼簾外簇簇燃燒。

「火流星！」一個儀態端雅、容顏秀麗的女子，忍不住輕聲驚呼。

陪她看獅子座流星雨的男人，溫柔的牽起她的手，用更溫柔的聲音說：「許願了嗎？」

「不告訴你！」女人輕輕貼入男人胸膛，有點嬌，有點羞的回答：「你呢？你許了什麼願望？」

「是！我許了願。我希望——該結束了！我們不能再這樣繼續下去。」男人語氣仍是深情款款，臉上表情卻很認真。

水般柔軟的女人，剎那間變成一座絕美的冰雕！冰的雕像。驚訝傷心的表情尚未凝止，淚水已在眼眶裡打轉，她幾乎是顫抖著，寒冷了聲音問她的男人：「為……為什麼？」

男人微笑不答，慢慢攤開手掌，一顆比流星更晶瑩剔亮的鑽戒！訂婚鑽戒。男人正式向女人求婚，希望結束戀情，進入實質的婚姻關係，以確定終身相守。

在愛情的領域裡，鑽石代表永恆，所謂「一顆到永遠」，因為鑽石，女人大概會同意男人求婚時，十二萬分真心。

以上文字，是電視鑽石廣告的一幕。當男人拿出鑽石，女主角那表情真是豐富細緻！包括破涕為笑、嬌嗔不依、狂喜矜持和深情，這麼多表情揉在一起，算是高難度的演技挑戰，恐怕女主角要NG許多次，才演得出來。

文學上也有高難度的作品，譬如大河小說，上百萬字的一部小說，要耗費作家多少心血？奢想名留青史，難免辛辛苦苦的把自己吊在不朽的水平上創作。大河小說通常分成上下兩卷或上中下三部曲，否則一本百萬字的巨冊，誰有力氣捧來拜讀？

這一篇〈流星蝴蝶劍〉，恰巧就是愛情三部曲。篇名引自古龍的武俠小說，這部小說描述殺手生涯的情義血淚，但我覺得，拿來比擬愛情，其實更貼切點。

流星，象徵情緣遇合之難！浩渺宇宙，何等寬闊無涯，偏偏自天外飛來一顆殞石，和地球的大氣層摩擦，生熱發光，再亮入你的眼底，這和你在茫茫人海裡，找著一襲令你心疼的倩影一樣，難！遇合之後情意滋生，在短暫且熾烈燃燒的熱戀末期，還肯決定以一顆鑽石和一紙婚姻證書，向人間註冊，成就夫妻，那就更難了！

蝴蝶，哲學思考方向和象徵是莊周夢蝶，栩栩然腦下生風，令人難辨真幻！本文不擬研討這類玄之又玄的問題。在愛情領域尋找印象，梁山伯與祝英台化作一雙彩蝶的形象，最是鮮明！生不能依偎廝守，死後但求並翅翔舞，黃梅調電影祝英台在南山哭墳，那一聲又尖又利的「梁兄哥」一喊，真不知把多少有情男女的眼淚，也一起喊了出來。

七世夫妻，沒一個好下場，原因只在於他們沒能進入婚姻！愛情三部曲的第二部，已從愛情進入婚姻，寫的是蜜月期，也就是燕爾新婚，深情比酒濃的階段。鴛鴦比翼，彩蝶雙飛，誰去羡慕天上神仙？

一紙婚約，誘惑情深愛侶共結連理，有實質正面的意義。不必躲躲藏藏尋找做愛的地點是其一，深情愛欲，在婚姻的雙人床上，大可恣意揮灑！二來可以放心生孩子，婚姻提供一方屋頂，讓下一代遮風蔽雨，夫婦倆同心協力，完成繼往開來、薪火傳承的豐功偉業，豈不快哉？第三點即是成家立業，有了婚姻，表示無須再為了尋求愛情，弄得心緒不寧天下大亂！心情定了下來，即可專心闖一闖事業。為人作嫁的基層員工，朝八晚五，毫無怨尤的守住一份工作，當老闆的全心全力衝刺業務，改良產品。不分上下高低，一起把時代巨輪往前推動。

按「理」說，合「法」的婚姻關係，是社會架構的基石，齊家之後進而治國平天下，意義何等重大！不管男女，都應該認同，然而，情理法三個字，情字領頭帶隊，萬一情海生波，合理合法建構的這艘婚姻小舟，就可能被輕易翻覆！

情海生波可不可能？人是情緒動物，當然可能極了！蝴蝶的壽命很短，婚姻的蜜月期也因此不會太長，花朵在秋風冬雪之後凋零溷落，愛情三部曲的一雙彩蝶，無法存活，夫妻倆只好以一聲長嘆，跨入第三部曲。

劍！分出許多類別樣式。巨劍適合將士戰陣上使用，短劍是刺客防身殺敵利器，專諸的魚腸劍，荊軻的淬毒匕首都是。劍的用途也不同，在公孫大娘的手中是藝術，劍舞之美無人能比，劍在項莊手中是陰謀，還好鴻門宴裡沛公劉邦閃得快。

第三部曲的這把劍，則是鴛鴦劍，分執在「情海生波」的男女手中！

也許，我該先給情海生波一個定義——男人變心，或者女人無心。反正夫妻倆覺得愛已流失，心無靈犀，爭吵於焉產生！首先出現的鋒芒是唇與舌，唇刀舌劍互相砍殺，再者，眼睛也銳利了！襪子擺錯地方，碗盤一點油污，絕對會被揪出來，更別提衣領上，比你的長，比我的短的一根頭髮。

愛火情焰，可以柔軟男女個性，婚後，則火焰消褪，恢復劍的筆直剛硬，不轉彎、不妥協，一雙鴛鴦劍，成天在那兒你來我往！言語上的廝殺，也還罷了，某些鬧上社會版新聞的家庭暴力夫妻，就真的玩過火了。

劍號鴛鴦，收入劍鞘時，理當二而合一，也許，婚姻的那張雙人眠床，可以扮演劍鞘的角色，台灣俚諺所說「床頭打、床尾和」說的就是這種情況。

愛情三部曲，落到如此不堪的地步，叫人扼腕！難道說，夫妻一定「相欠債」？一定「不是冤家不聚頭」？而且打是情，罵是愛，不打不罵不成夫妻？

我反對！俗話俚語或者說出一般凡夫俗子的習性，然而廿一世紀的新人類，才情學識俱足，應該有辦法讓這雙鴛鴦劍，刀口一齊向外，夫妻倆同心協力，披荊斬棘，闢出一條婚姻的康莊大道，牽手相伴走過一生。

真的，我好希望結局如此，萬一有哪對夫婦，真找出這個好辦法，請告訴我！拜託。

威鯨闖天關

這是一部非常溫馨，且深具生態保育觀念的電影。

主角是一個小孩和一尾殺人鯨。

黑白色彩分明，造型流線的殺人鯨，悠游於碧波白浪間，外觀美麗絕倫，實在是地球上最珍貴的資產之一。這麼美的動物（鯨魚屬哺乳類，你沒忘記吧？）偏偏有一些不肖的捕鯨者和商人，為了利益，要將殺人鯨置之死地！

巨大的鯨魚，在一個充滿愛心的小孩子協助下，展開驚險的逃亡計畫，尤其最後一幕鏡頭，殺人鯨為了逃開四面八方合攏來的漁網，在孩子揮動的手勢中，凌空躍出水面，飛越防波堤的雄姿！令人熱血澎湃。

電影把殺人鯨取名「威鯨」，闖天關則是困難度的形容詞，把「不能」變成可能！我不清楚製作人為電影命名時，靈感來自何處？但我相信多少和藍色小丸子威而剛的流行有點關係。

電影推出時，正好趕上威而剛話題最熱門的時刻，電影製作是第八藝術，除了聲光影像技術之外，聯想力和創造力一定非常豐富。威鯨闖天關？這明明是趕潮流，暗喻兼影射男人服用威而剛後的情況。

「威而剛」有沒有搶手？當然有！才上市一個月就風行二十七個國家，所以《威鯨闖天關》也登上賣座排行榜！本篇雖然藉題發揮，但不作電影評論，也不為藍色小丸子做宣傳，我只想談一談男人的禁忌話題。

在這個男人主宰的社會和民主自由已經氾濫的時代，會不會有人這麼問我：「政治、經濟、股票和吃喝嫖賭，連總統都有人高喊罷免了！男人有什麼話題不能說？不敢說？禁忌？是百無禁忌吧？」

大男人不敢大聲嚷嚷的話題，確實不太多！但去買威而剛的男人，他說不說？不說！對不對？性能力衰退，雄風不再的糗事說不說？當然不敢說！閨房內鬥敗的公雞，一出房門，照樣振翅剔羽，引吭長啼，威風得很！

不正確的性觀念和死要面子的個性，讓這個平常之至的話題，成為男人禁忌！甚至諱疾忌醫，讓許多無辜女性成為深閨怨婦。

所謂開卷有益！威鯨闖天關將從探討少年性心理開始，一直寫到老人性能力補救之道為止，算是男「性」完全手冊，男人必讀。女人呢？當然也莫要閉目掩卷，男人性觀念健康與否，關係女人一生幸福，妳大可沿用此篇論述，引導糾正妳那男人某些偏差的性知識。

男人性觀念啟蒙甚早。從年幼無知，比誰尿尿得最遠開始，到青少年時期，大小長短問題的耿耿於懷，男人真不知擔了多少心事！

當兵時，因為在開放式大澡堂裡裸裎相對，男人方有機會瞄一瞄同伴的尺寸，順便調整自卑或自傲的幅度！許多處男的第一次，莽撞衝動的葬送在煙花女子身上！缺乏情愛溫柔的性事初體驗，通常一觸即發，草草了事！不只銷魂蝕骨的甜頭沒得嚐，無能、早洩的陰影，因一次不正確的印證，可以擴大到把整個生命色彩，遮掩得黯淡無光。

這些急著長大的男人，需要耗費許多力氣和愁白許多頭髮，才能重拾自尊和自信！比起依循正常軌道，由情入愛而性的男人，「性」字這條路，走來艱難許多。

我這人不至於很古板的堅持處男處女，必須留待新婚之夜！但嫖妓的行為，我絕不贊同！不管處不處男，都一樣。

度過了青春少年悽悽惶惶的性愛情事，終於有了婚姻的雙人床，可以讓男人放心或放肆！這時候的男人是真的很放肆，他可能租一大堆限制級的錄影帶回來，纏纏綿綿的要求他的伴侶，也來扮演女主角！人生如戲，性愛則是更好玩更刺激的遊戲，但我想提醒「性」致勃勃的男人，別玩得過火！某些特技式的表演動作，不宜嘗試！性愛，跟任何劇烈運動一樣，量力而為，千萬別造成運動傷害。

男人的性愛運動期，其實不長！年過四十之後，所謂「一尾活龍」，也只有廣告才敢這麼吹噓！這時候，可憐的男人會到處打聽十全大補丸之類的偏方祕藥，或者故意喝酒打麻將等等，把大好夜晚浪費在無益的活動上，就是不肯上床！甚至某些更惡質的男人，會學習《失樂園》這部小說裡的男主角，找來一個全新的女人，從頭溫習性愛技巧。

然後五十歲到了，六十歲就在前方不遠處！韶光易逝，這疾馳的光陰之箭哪，可射得男人心驚肉跳！伴隨著年紀益增，性能力逐日衰退，更叫大男人垂頭喪氣，欲振乏力！

不服老！其實男女都有這種心態。但男人更注重性事上的不服老，我倒覺得無此必要！依我的看法，此時應該種花蒔草，修心養性，走過「知天命」且「不踰矩」，澹澹泊泊，快快樂樂的邁入智慧長者的從心所欲。

偏是太多老男人，要跟少年爭風流！這大概是藍色小丸子威而剛，一問世即造成轟動的原因。

違反自然定律，逼迫自己能人之所不能，通常需得付出代價，尤其是藥物，禁忌多，副作用也不少！除非醫師指定，最好別吃。譬如我，我就一直提不起勇氣去試試藍色小丸子，是否能威而剛！所以，有關服用後的心得報告，本文從缺。

當然，我也不談中醫藥物壯陽效果如何？我沒吃過，目前看來也不到進補的時候，所謂形補、色補等等中醫深奧理論，我不懂！因此存疑。

我寧願以「無欲則剛」的儒家思想，為男人「性愛情結」解套！無欲則剛如果解釋成：沒有性欲驅使，則不必去買威而剛，當然錯！但以精神層次提昇，的確可以降低動物本能的需求，這和儒家思想，卻又相通！這正是後中年男性們，唯一救贖之道。

至於威鯨闖天關的神勇事蹟，交給年輕小夥子去表現吧。

禁果成熟時

——夏娃，是亞當肋骨所造的女子，既不是用他的頭所造，來管轄他，也不是用他的腳所造，可任意蹂躪，而是那麼恰當的在他的身旁，與他平等，在他的膀臂保護下，緊靠著他的心，得以被愛。

——馬太，亨利

這段話，應該可以激發英雄漢子的溫柔！我個人這麼認為，有誰不同意嗎？

我確信基督徒一定會同意。他們心目中至高無上、天上地下唯我獨尊的神所說的話，不容質疑。男人有百分之九十會同意，疼惜保護自己心愛的女人，當然義不容辭！其他百分之十屬於不懂憐香惜玉的壞男人，不提也罷。

不同意者，女性居多！但也只是被新時代寵愛的一部分女人吧？她們走在潮流之前，揮舞「兩性平等」的旗幟，大聲疾呼燒掉胸罩，釋放被束縛的女性自由，高喊「只要性高潮，不要性騷擾！」宣布女性身體自主的時代來臨。這些女性不同意，我能瞭解，只「夏娃是亞當肋骨所造」這句話，就讓她們無法接受！神所說的話叫「神話」，神話暗示女人是男人的附屬品，前衛女性誰肯認同？

新世代，講民主，也講信仰自由，我沒意見。

關於創世紀神話，幾乎每個民族都有！我這個很中國的典雅男子，原該相信中國創世紀神話所說的「女媧造人」，不過，女媧練石補天之後大概太累了，竟然用藤鞭沾著黃泥漿，甩出我們這些泥人兒！如此敷衍偷懶的造人方式，我不太能接受，所以，我寧願相信亞當夏娃和伊甸園這些舶來品神話。

伊甸園裡有男人女人，有魔鬼化身的蛇和生命樹上的禁果，因而發展出一段相當精彩的故事。這故事大家耳熟能詳，情節我不再重複，這篇「禁果成熟時」，我其實想深入些剖析女性的「性心理」，禁果成熟，夏娃受到魔鬼誘惑而偷偷嚐了一口！為什麼從此懂得用樹葉遮掩她玉潔冰清的裸體？性！在女人的潛意識裡是一種羞恥嗎？還是創世之初，傳承至今的原罪之一？

夏娃被逐出伊甸園，墜入凡間之後，其實命運極為悽慘！

從最古老的四個文明古國開始，不約而同的把女人當成第二性，以黑紗遮住容顏有之，貞操帶又捆又綁者有之，鎖入深閨形同囚犯的，立下貞節牌坊，限制女人情欲抒發者，都有……此類禁止女人展現軀體容貌之美的規範條文，何止千百？

我想，我不該翻動塵封往事，惹來女人對男人的舊恨！可是，就算男女平等喊得聲量超高分貝的今天，對於女「性」！公平了嗎？依我看，沒有！而且舊恨未消，新仇又起。

女人的情欲，依舊是禁忌！處女情結在近十幾二十年間，可能稍稍鬆綁，但婚後的守貞，仍被男人嚴厲要求！公平與否，其實是相對的，如果男人任由情欲驅使，拈花惹草兼金屋藏嬌，有什麼理由禁絕女人走出空閨，找個男人來慰藉寂寞芳心？

沒有理由！即使女人一再接納浪子回頭，男人仍會將交過一次男朋友的妻子，蠻橫的驅離婚姻大門。女人因情欲犯錯是罪行，男人因情欲犯錯卻是風流，如此鄙陋古風，至今未墜。

寧擔上「男人叛徒」之名，為女人叫屈喊冤，我有道理！有點耐心，聽我道來。

少女自初經之後，開始散發荳蔻甜香，黃毛丫頭的髮絲變得烏黑漆亮，胸臀日聳，腰枝漸細，聲音和皮膚漸轉清細滑潤，屬於雌性特徵的身體變化，已經宣告為哺育下一代而做好準備。

心理層面的變化，則是情欲初動的患春現象，看似嬌媚害羞，一雙眼睛卻能勾動男人魂魄，這和少年仔鬍鬚、喉結等男人性徵的顯現並無兩樣，男人能光明正大敲鑼打鼓的追求異性，並且精挑細選！而女人呢？身體和心理做了這許多改變和準備之後，卻讓閨訓教條限制挑選配偶的權利，由女性主動積極的追求男人，甚至在現代開放的社會裡，仍會遭來許多奇異的眼光。

所以，我不會承認我是男人叛徒，至多，你只能說我不是衛道人士罷了。

曾經，我問過一個女人，她如何看待女性情欲？會不會因為情欲驅使，而輕易接受最新流行的「一夜情」？如果不接受，又如何處理情欲問題？午夜牛郎是針對女性情欲需求的一種新興行業嗎？

這個女人愛過恨過，結婚離婚過，曾經溷落煙花和黑暗戀情中人家的第三者！晴山欲海這麼繞了一趟，她的回答竟然是：「情欲問題？沒有問題吧！那不會是女人的煩惱和困擾，能接受一夜情的女人，不太多吧？」

我記得古文記載，被貞節牌坊鎖住情欲的女人，半夜孤枕難眠，會把黃豆灑滿一地！然後在幽暗燈影下一顆顆撿拾，藉身體勞動，壓抑欲望滋長，其中絕望淒苦之情，令我撼動！

這個回答「沒有問題」的女人，有沒有說真話呢？

「盡信書，不如無書！」她微笑著說：「撿黃豆的故事，一定是男人寫的！他不懂啦，女人睡不著，絕不是單純的性問題，對未來的不確定，孤單寂寞的抵抗力不足，或是期盼再出現一個男人的渴望等等，都會讓女人失眠，甚至女人有時候自慰，也不全是性衝動、性幻想！而是想讓自己放鬆後能睡得著，撿黃豆？笨男人寫的書裡才會出現這種笨女人吧？」

我這個相信文字的男人，好像也有點笨！但我仍傻傻的又問：「那麼，午夜牛郎呢？好像每一次警察臨檢，午夜牛郎店裡，都有女客人不是？」

「我去過呀，好奇或報復的心態而已。」她說得可真坦白：「難道我想找男人上床還要花錢？有句話說得很對，男人為性而愛，女人為愛而性。女人只有感覺有愛，在愛情誘引之下，才會覺得性是一件美好的事，和男人純動物本能的獸性，層次不同。」

我不敢繼續追問，怕捱罵是理由之一，再者我也相信了她的說法，女人的性，必須有愛，才肯放恣意放蕩享受，沒有愛，則不管任何條件交換下的性，都會變得羞恥，變得屈辱！

寫到這裡，突然覺得篇首那段文字，深具智慧！夏娃偷嚐禁果，若成定局，那麼，不讓女人覺得羞恥的兩性關係，關鍵在於男人是否真心相愛。一個感覺被愛的成熟女人，將對她的男人展現最美、最媚和最肆無忌憚的性！

奉勸天下男性，宜用心體驗並實踐之。

我愛櫻櫻美代子

前一陣子，台灣綜藝節目，推出日本美少女團體的秀場，除了造成高收視率之外，還在網路上，票選人氣指數最高的偶像，不知風靡多少哈日追星族。

日本劇場、火焰挑戰、超級變變變等，打開有線電視，才知道日本不僅汽車工業百貨等經濟入侵成功之外，連小小一方媒體螢幕，也快給日本佔據了！

然後，我又看到哈日族追星的熱絡場面，隨便一個日本演藝圈明星來台，就能叫台灣年輕男女，把嗓子喊啞叫破，把手掌拍得又紅又腫！落在我這個既無日本情結，也從不肯逐夢追星的後中年男子眼中，當真是百思而不得解。

記得我也曾經年輕過！一向勇武好鬥的我，學起剛柔流空手道，幾達不眠不休的程度！看電影呢？也專挑《宮本武藏》、《丹下左膳》、《盲劍客》等劍鬥片！我欣賞日本拳法劍道的犀利精準，但也僅止於純欣賞，哈日？我確定我沒有，那時候也還不流行這個名詞。

所以，我一直不太瞭解，咱們的少男少女，幹嘛去迷日本偶像？印象中，有日本情結的，應該是阿公阿媽這一級，上過「皇民化運動」的當，會講一口流利的日本話和能在KTV裡點唱日本歌曲。由他們來哈日，才比較合情合理不是？

就這個問題，我問過一個台灣美少女，她哈日，所以拒絕捧麥可傑克遜的場，也不去機場追逐湯姆克魯斯。理由呢？

「都是東方人嘛，幹嘛去崇洋？連這個都不知道！你有日本名字嗎？我幫你取一個，竹本口木子，好不好聽？」她不懷好意的斜著眼睛朝我微笑。

後來我又聽到罵人不帶髒字的「垃圾衛生子」，聽到男人自誇「一夜九次郎」！才知道日本人名可以如此使用！其中有個日本女性的名字，我極為喜歡：櫻櫻美代子。

這個深具東洋風味，且詞美字雅的名字，諧音就是台語「閒閒沒代誌」！讓勞勞碌碌、腳步奔忙的現代人，一聽之下，忍不住就要笑起來。

我愛櫻櫻美代子，原因之一是我從小就認識她。

台灣地處亞熱帶，所謂春耕、夏耘、秋牧、冬藏的農事活動，雖無明顯區隔，但總有農閒的一刻。也許是秋收之後，遍野金黃稻梗，青蛙泥鰍躲都沒得躲的時候，也或許是暫時休耕，灑下油麻子種籽等它長大當有機肥的這段時間，孩子們會數著日子，期待那片金色花海，從眼前直直鋪向天涯海角。

孩子們的確很快樂，大人們不忙不累的時候，才有心情擺好臉色。大人們也很快樂，剛收成完，賣穀子賣瓜果的新鈔票還在口袋裡，李叔叔王伯伯見了面，就是這句話：「櫻櫻美代子，咱來去哈兩杯！」

機伶的小孩子，最懂得在這一刻伸手要五毛零用錢，說不定大人真會給一塊，剛好夠買一支棉花糖加一支枝仔冰。

那種甜在舌頭，涼到心頭的美好滋味，小孩子有機會享受，我知道，那是因為大人們喜歡「櫻櫻美代子」阿姨的關係。

所以長大以後，我依舊也喜歡櫻櫻美代子。

快樂的童年什麼時候結束呢？小學四年級吧！五年級起就開始補習國語和算術。考上初中，馬上就是高中聯考，然後大專聯招！忙著闖這些關卡的我，眼睜睜的看著櫻櫻美代子，手裡捧著我愛看的四郎真平漫畫書和古典章回演義小說，傷心的走得遠遠的！

兩年軍旅生涯，新兵訓練後以專長分發到工兵部隊，一切就緒後，我才有空朝著櫻櫻美代子的背影呼喊，叫她伴著我練空手道、彈吉他，以及寫下一段段風花雪月的文章。

軍中下來，又開始忙了！談戀愛要時間，找工作要時間，成家立業之後更需要時間去求取「五子登科」！

房子、車子等等五種齊全，已經耗去十五年時間！

這十五年，櫻櫻美代子幽怨的表情，偶爾浮現！

我總會安慰她，再等等吧！我一定會和她長相廝守，須臾不分。

家庭兒女和一份漂泊工作的牽纏，我只能忙裡偷閒，和櫻櫻美代子幽會！或許是陌生的山水中，或許是他鄉夜雨擊窗時，一盞燈火熒熒，我邀她陪伴身旁，她是我黑暗中的戀人，因為持續的熱情和眷戀，我才有機會陸陸續續的出了幾本書。

只要我還擁有文學，櫻櫻美代子就永遠是我的最愛！她是我勞碌一生之後，老來最想繾綣依偎的伴侶。

以上一大段寓言式的散文手法，沒讓你看糊塗吧？

當然不會！對不對？誰的心中不藏個櫻櫻美代子呢？只要你是這種「另類哈日族」，就絕對能夠體會我對美代子的痴情狂戀。

台灣社會自農業成功轉型為工商業之後，台灣人的生活就失去了閒情！等到經濟掛帥，競爭激烈，誰還能停下腳步？

我把櫻櫻美代子定位於清閒、悠閒，或者什麼事都可不用縈掛心頭的隱逸澹泊！不完全是無所事事的日子，而是心境上的舒緩。這正是廿一世紀，人類普遍缺乏的一種潤滑劑。因此，小至以家為單位的夫妻兒女關係緊張，大至國家與國家間的劍拔弩張！以個人而言，急功近利，短視自私，就社會而論，虛誇浮奢的風氣，迅速形成。

詩詞曲賦中，元曲曾對櫻櫻美代子仔細妝扮，著墨極多！有句話我記得很清楚：「閒，天定許。忙！人自取。」另外一句也是《山坡羊》的最後一段，我更喜歡它的意境：「心待足時名便足，高，高處苦，低，低處苦。」

元曲所呈現的幾分頹廢氣息，一向為後世所詬病！然而，在太過奔忙的現代社會，我寧願以元曲的知足常樂，逍遙狂放，來調整自己的心情和步伐。

我一廂情願的認為，也許，把心弦鬆幾轉，腳步放慢些，人與人間，國與國間，便有足夠的空間填入潤滑劑，少了尖銳的衝突磨擦，不管高官巨賈，婦孺老幼，大家見了，可以笑容滿面，互道安好！

然後，不妨用哈日族熱烈的口氣，一齊高喊：「櫻櫻美代子，我愛妳。」

國家圖書館出版品預行編目資料

父子斷崖 / 陳秋見著. -- 初版. -- 臺中市 : 晨星, 2014.07

320面 ; 公分. --（晨星文學館 ; 51）

ISBN 978-986-177-879-2（平裝）

855 103010314

晨星文學館 51

〔黑手家書〕

父子斷崖

作者 陳秋見
主編 徐惠雅
美術編排 張蘊方

創辦人 陳銘民
發行所 晨星出版有限公司
台中市407工業區30路1號
TEL：（04）2359-5820 FAX：（04）2355-0581
E-mail: service@morningstar.com.tw
http://www.morningstar.com.tw
行政院新聞局局版台業字第2500號
法律顧問 甘龍強律師
初版 西元2014年07月06日

郵政劃撥 22326758（晨星出版有限公司）
讀者服務專線 （04）23595819＃230

印刷 上好印刷股份有限公司

定價320元
ISBN 978-986-177-879-2

Published by Morning Star Publishing Inc.
Printed in Taiwan

◆讀者回函卡◆

以下資料或許太過繁瑣，但卻是我們瞭解您的唯一途徑，

誠摯期待能與您在下一本書中相逢，讓我們一起從閱讀中尋找樂趣吧!

姓名：＿＿＿＿＿＿＿＿ 性別：□ 男□ 女生日：/ /

教育程度：＿＿＿＿＿＿

職業：□ 學生□ 教師□ 內勤職員□ 家庭主婦

□ 企業主管□ 服務業□ 製造業□ 醫藥護理

□ 軍警□ 資訊業□ 銷售業務□ 其他＿＿＿＿＿＿

E-mail：＿＿＿＿＿＿＿＿＿＿＿＿＿＿聯絡電話：＿＿＿＿＿＿＿＿＿＿

聯絡地址：□□□＿＿＿＿＿＿＿＿＿＿＿＿＿＿＿＿＿＿＿

購買書名：〔黑手家書〕父子斷崖

· **誘使您購買此書的原因？**

□ 於＿＿＿＿ 書店尋找新知時□ 看＿＿＿＿ 報時瞄到□ 受海報或文案吸引

□ 翻閱＿＿＿＿＿ 雜誌時□ 親朋好友拍胸脯保證□＿＿＿ 電台DJ熱情推薦

□電子報的新書資訊看起來很有趣 □對晨星自然FB的分享有興趣 □瀏覽晨星網站時看到的

□ 其他編輯萬萬想不到的過程：＿＿＿＿＿＿＿＿＿＿＿＿＿＿＿

· **本書中最吸引您的是哪一篇文章或哪一段話呢?**＿＿＿＿＿＿＿＿＿＿＿

· **請您為本書評分，請填代號**：1. 很滿意2. ok啦!3. 尚可4. 需改進。

□ 封面設計＿＿＿ □尺寸規格＿＿＿ □版面編排＿＿＿ □字體大小＿＿＿

□ 內容＿＿＿ □文／譯筆＿＿＿ □其他建議＿＿＿

· **下列書系出版品中，哪個題材最能引起您的興趣呢?**

台灣自然圖鑑：□植物 □哺乳類 □魚類 □鳥類 □蝴蝶 □昆蟲 □爬蟲類 □其他＿＿＿

飼養&觀察：□植物 □哺乳類 □魚類 □鳥類 □蝴蝶 □昆蟲 □爬蟲類 □其他＿＿＿

台灣地圖：□自然 □昆蟲 □兩棲動物 □地形 □人文 □其他＿＿＿

自然公園：□自然文學 □環境關懷 □環境議題 □自然觀點 □人物傳記 □其他＿＿＿

生態館：□植物生態 □動物生態 □生態攝影 □地形景觀 □其他＿＿＿

台灣原住民文學：□史地 □傳記 □宗教祭典 □文化 □傳說 □音樂 □其他＿＿＿

自然生活家：□自然風DIY手作 □登山 □園藝 □觀星 □其他＿＿＿

· **除上述系列外，您還希望編輯們規畫哪些和自然人文題材有關的書籍呢?**＿＿＿＿

· **您最常到哪個通路購買書籍呢? □博客來 □誠品書店 □金石堂 □其他**＿＿＿＿

很高興您選擇了晨星出版社，陪伴您一同享受閱讀及學習的樂趣。只要您將此回函郵寄回本社，或傳眞至（04）2355-0581，我們將不定期提供最新的出版及優惠訊息給您，謝謝!

若行有餘力，也請不吝賜教，好讓我們可以出版更多更好的書!

· **其他意見：**＿＿＿＿＿＿＿＿＿＿＿＿＿＿＿＿＿＿＿＿

晨星出版有限公司 編輯群，感謝您!

請填妥對折裝訂，直接投郵即可，免貼郵票

廣告回函
台灣中區郵政管理局
登記證第267號
免貼郵票

407
台中市工業區30路1號
晨星出版有限公司

請沿虛線摺下裝訂，謝謝!

更方便的購書方式：

1 網站：http://www.morningstar.com.tw
2 郵政畫撥 帳號：22326758
　　　　　戶名：晨星出版有限公司
　請於通信欄中註明欲購買之書名及數量
3 電話訂購：如為大量團購可直接撥客服專線洽詢

◎ 如需詳細書目可上網查詢或來電索取。
◎ 客服專線：04-23595819#230 傳真：04-23597123
◎ 客戶信箱：service@morningstar.com.tw